河出文庫

シャーロック・ホームズ入門百科

小林司・東山あかね

河出書房新社

目次

◎

シャーロック・ホームズ入門百科

時空を超えジャンルを超え　9

ホームズの足音が聞こえる　13

1　ロンドンを歩く　15
2　ロンドンを離れて　37
3　聖地となったライヘンバッハ滝　44
4　日本にもあるホームズ　51

超レアコレクション　小林家秘蔵の品　53

わが友　シャーロック・ホームズ　57

1　名探偵の人と生涯　59
2　ホームズの心のゆらめき　74
3　ホームズの食卓　99
4　「カーライルとは何者かね」「……」　112

5　音楽の才能　123
6　ホームズ、美を愛す　131

シャーロック・ホームズとその時代　141

歴史の転機を迎えたヴィクトリア朝末期　143
貧困と犯罪の街ロンドン　144
「切り裂きジャック」連続殺人事件の衝撃　145
ホームズの人気　146

コラム

陰で人気を支えるワトスン　26／ベイカー街と夏目漱石　28
寛容なハドスン夫人　29／スコットランド・ヤードの建物　31
馬車と地下鉄　34／宿敵モリアーティ教授　48
新聞を活用したホームズ　72／結婚に縛られる女たち　94

コカイン　96／　たばこ好きのホームズ　110
サーヴィスの良い郵便制度　137／　電報から電話へ　147
無能な警官たち　150／　貨幣制度と物価　152／　コナン・ドイルの心の内　206

「ホームズ物語」全60作品とあらすじ　155
シャーロック・ホームズ関連年表　196

コナン・ドイル　202
シャーロキアンになるための図書館蔵書目録　209

文庫版特別掲載　**SH60　我が家のシャーロック・ホームズ狂想曲**（小林エリカ）　213
あとがき　225

シャーロック・ホームズ入門百科

時空を超えジャンルを超え

世界中の人々から愛されている探偵といえば、わが「シャーロック・ホームズ」が一番だろう。本家の英国にも歴史ある愛好団体のロンドン・シャーロック・ホームズ会があるが、英国に先駆けてアメリカで世界初のベイカー・ストリート・イレギュラーズ（略称ＢＳＩ）が設立されている。どちらの団体でも、ホームズの誕生日とされている一月六日を挟む週末に、誕生を祝う晩餐会が盛大に開催されている。英国、アメリカ双方の晩餐会に出席できるようにとの配慮で早番、遅番を決めて開催。二〇一八年一月は英国が早番で一月六日を挟む週末に、アメリカが遅番で次週にとなった。英国の晩餐会は国会議事堂内で開催され、会員の希望者は申し込みの先着順で参加できる。アメリカの正式晩餐会は会長の招待がないと参加できず、やや格式が高くなっているが、並行して行われる会合には申し込みさえすれば誰もが参加できる。

英国、アメリカに次いで愛好会の会員数が多いのは日本だといわれているが、スイス、イタリア、スウェーデン、デンマーク、オーストラリア、カナダ、インドなどにも愛好会があり、会報を出したり、定期的にイヴェントを計画したりしている。インターネットの発達にともない、近年は世界規模での交流が盛んに行われている。

また、「ホームズ物語」の翻訳出版も世界中で行われていて、『図説 シャーロック・ホームズ』のなかで「エスペラントで集めた海外ホームズ本の誌上展覧会」として三七言語二八〇冊（一九九七年現在）の本のなかから代表的な表紙を集めて七九冊を紹介した。その後もこのコレクションはおそらく一五〇冊は増えていると思う。すべての表紙をスキャンしようと試みたが仕事半ばで休憩中。わたしたちがエスペラントの大会に出席して友人たちに依頼した成果だった。

インターネットで丹念に検索して、少数言語のホームズ本の収集に励んでいる遠藤尚彦さんの成果は、約九〇言語、五〇〇冊以上（二〇一八年現在）、最近入手した言語はパンジャブ語、ウイグル語。とくに珍しいのは、イヌイット語（エスキモー語）、テイグリニャ語、クリンゴン語だそうだ。

ホームズ本があるということは、その地には間違いなくホームズ愛好者がいるということの証でもあるわけである。

かつてはドゥ・ワールが編纂していた『世界シャーロック・ホームズ文献目録』（第一巻一九七四年、第二巻一九八〇年、第三巻一九九四年）は、文献目録の作成が中断している。そこに収録されているものはおもに英語だが、研究論文は八九五一、研究書は九〇冊に及ぶという。それからすでにかれこれ二〇年以上も経っているのだから、その数はもう膨大としか言いようがない。しかも英語が主ということなのだから、一生のうちにすべてに目を通すことなどとても不可能だろう。

書誌研究家の新井清司さんが日本での『二〇〇四〜二〇一六年　ホームズ、ドイル文献目録〔増補版（未収録分を含む）〕』を二〇一六年に日本シャーロック・ホームズ・クラブの刊行物として編纂された（『一九八三〜二〇〇四年』はすでに二〇〇四年に刊行済み）。とにかく、この最新版の文献リストの単行本・雑誌・新聞記事などに掲載されている総数は一六〇九点。パロディの単行本二四六冊、研究分野単行本二七六冊と、これまた驚くべき数になる。

とくに最近はＢＢＣ製作のテレビ・シーリズで、現代に活躍する「シャーロック」の人気も高い。携帯電話をあやつるホームズ、パソコンでブログを発信するアフガニスタン帰りの医師ワトスンは、いままでにないホームズ像を展開してくれた。

韓国発の「ホームズ」の演劇はワトスンが女性、そういえばアメリカ・ニューヨークを舞台にした現代版ホームズ「エレメンタリー」もワトスンは女性。ホームズの魅力がさまざまな分野で展開されている。

日本のテレビ番組でも、ホームズもワトスンも女性という設定の「ミス・シャーロック」（Ｈｕｌｕオリジナル）が放映され、海外でも話題を呼んだ。

それでも、『正典《キャノン》』といわれているコナン・ドイルの書いた六〇篇の物語は、第一作《緋色の習作》が一八八七年に発表されてからすでに一世紀以上を経ているが、その魅力は尽きることはない。

シャーロック・ホームズは一八五四年に生まれ、一八七七年から一九〇三年までをロンドンで活躍した私立諮問《コンサルタント》探偵。一八八一年にセント・バーソロミュー病院で出会ったワトスン医師と、ロンドンのベイカー街にあるハドスン夫人の家の二階に下宿。ワトスンはホームズの助手を務めるかたわら、彼の事件記録を執筆発表することになる。一八九一年、悪の帝王といわれたモリアーティ教授とスイスのライヘンバッハ滝へ組討ちのまま転落（《最後の事件》）し、以後消息不明であったが、三年後にワトスンの前に姿を現し（《空き家の冒険》）、再び二人は事件に取り組む。一九〇四年に引退してイーストボーンで暮らしていたが、乞われてスパイとして一九一四年の第一次世界大戦前夜まで活躍した（《最後の挨拶》）。

いまなおイーストボーンの地で晴耕雨読の生活をつづけている……という仮説はいささか無理のようだ。

ホームズの足音が聞こえる

1　ロンドンを歩く

まずは行きたいベイカー街

ホームズ好きには欠かせないのがベイカー街。毎朝ベイカー街の空気が吸いたいと、この通りのホテルに滞在したことも何回かある。

ベイカー街駅前ではホームズ様のお出迎え

ロンドンのホームズ像は一九九九年に建立され、いまやロンドン名所の一つとなっている。製作はスイス・マイリンゲンのホームズ座像（一九八八年除幕）と同じく有名な彫刻家ジョン・ダブルデイ氏。ホームズは生きているのだから像をつくることはふさわしくないという意見を押し切っての建立だったと聞く。

ベイカー街駅正面に向かって客を出迎えている。その像の左手のドームはマダム・

タッソーの蠟《ろう》人形館でいつも長い行列を作っている。二〇一七年には「シャーロック」（BBC製作の人気テレビ・シリーズ）のホームズ役ベネディクト・カンバーバッチの蠟人形が飾られていた。

地下鉄ベイカー街駅に立つシャーロック・ホームズ像。

ホームズがあふれる地下鉄ベイカー街駅構内

もともとベイカー街駅は地下鉄交通の要所で、現在は五つの線が交差している。ロンドンに世界初の地下鉄が敷かれたのは一八六三年。地上の交通渋滞を避けるためにパディントンからベイカー街を経てファーリンドンまで約六キロを蒸気機関で走ったのだった。サークル・ハマースミス線プラットホームには当時を偲ぶ、蒸気機関車の煙を地下鉄構内から外へ排出するための煙抜きが復元されている。ホームズの時代にすでに地下鉄は開通していたのだが、ホームズたちが地下鉄を利用したという記述は《赤毛組合》一作だけ。当時は乗り心地があまりよくなかったようで、ホームズたちは市内の移動はおもに辻馬車を愛用していた。

駅構内でなんといっても見逃せないのが、ベイカールー線ホームの壁面に描かれているホームズのシルエット。そのシルエットがさらに小さなホームズの横顔三五〇〇個あまりで構成されている。ジュビリー線ホームには畳一畳ほどもある「物語」の名シーンを描いた壁画が飾られている。《バスカヴィル家の犬》の魔犬シーンは圧巻。

通路にも、ホームズのシルエットをあしらった小さなタイルが飾られている。最近工事の折に一部撤去されたそうで、そのタイルは海外のオークションサイトに出ていたということだ。このホーム、あのホームと地下鉄駅構内をあちこち見てまわり、カメラに収めていると地上になかなか出られないということになってしまう。

ベイカー街駅ジュビリー線の大壁画。《バスカヴィル家の犬》の魔犬が襲いかかるシーン。この他に６種類描かれている。

現在のベイカー街。左手の白い塔のある建物がアビ・ナショナル。

ベイカー街221番は高級マンション

ベイカー街の交差点で左右を見まわす。白い高い時計台のある建物が現在のベイカー街221番（ホームズたちの下宿のあった家の地番）を含む高級マンション。かつてはアビ・ナショナルという金融機関のビルで221Bに配達されたシャーロック・ホームズ様宛の手紙に返事をサービスする専任の秘書までおいていた。

そのビルの入り口にはホームズの居住を示す楕円形プレートもあったが、現在は取りはずされて行方不明。そもそも「ホームズ物語」が発表された一八八七年ごろはベイカー街は84番までしかなかったので、「物語」の発表当初は221番は架空だった。

シャーロック・ホームズ博物館

221Bを含む高級マンションの数件先にあるのが「シャーロック・ホームズ博物

館」。ここここそがホームズの下宿のあった221Bと名乗りをあげ、自ら記念プレートを掲げ、一九九〇年に開館した。二階に通じる階段も物語の記述どおりの「一七段」が売り。一度に多くの人が入れないように入り口で入場制限をしているので、世界各国から訪れるファンで外には常に行列ができている。部屋はよく再現されていて、階段を上がると本物の火の焚かれている暖炉もあり、備え付けてあるディアストーカー（鹿狩り帽子）、虫眼鏡、パイプとホームズ三点セットを持っての撮影も自由。シャッターも押してもらえるし、サービスは満点。上階にも物語の再現人形が置かれていてリアル。一階は土産物ショップで「ホームズ物語」（英語版）をはじめとしてロゴ入りシャツ、ディアストーカー、文具などさまざまに並んでいる。土産物コーナーは入館料を払わずに買い物ができる。訪ねるつどに新しい品があり、ついつい財布の紐も緩みがちになる。

シャーロック・ホームズ・ホテル

現在のベイカー街108番に位置するホテル。ホームズに関連しているものはほとんどないが、レストランのメニューには一応ホームズの名を冠したハンバーガーがある。ホテル予約サイトでみると一泊二万円前後（二〇一八年現在）だった。ホームズのイヴェント特別価格で夫小林と長期滞在したのも懐かしい。

ベイカー街のシャーロック・ホームズ・ホテルの入り口。

ボヘミア王も泊まったランガム・ホテル

こちらは超一流ホテル。《ボヘミアの醜聞》に登場するボヘミア王が宿泊した。《四つのサイン》のモースタン大尉は自分がここに宿泊しているので訪ねてくるようにと、娘のメアリ・モースタンを呼び寄せている。《フラーンシス・カーファックスの失踪》で、カーファックスの行方をさがしていたフィリップ・グリーンもここに宿泊。ホテルの予約サイトでみると一泊四~五万円。かなりの高級ホテルで、現在は中国資本の経営らしい。

このホテルでアメリカのリピンコント社の編集者が、コナン・ドイルとオスカー・ワイルドの両氏に長編の執筆を依頼。ドイルは《四つのサイン》を、ワイルドは『ドリアン・グレイの肖像』を執筆して二人とも世に出た。このことを記念してホテルの外壁に記念プレートも掲げられている。ドイルはその後、名声を得て巨万の富を得たが、ワイルドは名声は得たものの男色をめぐって英国を追われてパリで失意のうちに亡くなっている。運命とは不思議な巡り合わせだ。

その《四つのサイン》には、このホテルに滞在していた父モースタン大尉からの連

ランガム・ホテル正面。

ランガム・ホテルで、ドイルとオスカー・ワイルドが同時にリピンコント社から原稿依頼をうけたことを記念するプレートが掲げられている。

絡を受けたメアリ・モースタンが登場する。彼女は事件の後にワトスンと結婚することになる。

クライテリオン・レストラン

「ホームズ物語」の第一作《緋色の習作》で、ワトスンがセント・バーソロミュー病院（通称バーツ）の外科助手スタンフォード青年に、このレストラン前で偶然に会う。そのスタンフォードが共同下宿人を探しているというホームズを紹介する。ホームズとワトスンはこの病院で世紀の出会いを果たすことになった。そういうわけで、ここはホームズファンには見逃せない場所となっている。

店内にはこのことを記念するアメリカのシャーロキアン団体から贈られた長方形のプレートはしっかり飾られているのに、第二次大戦後まもなく結成された日本初のシャーロキアン団体「東京バリツ支部」から一九五三年に贈られたプレートは行方不明になってしまった。そのため、二〇一三年にかつてプレートが飾られていたところに日本シャーロック・ホームズ・クラブが再度同じものを製作して掲げようと、ロンドン在住の清水健さんが奔走。プレートのお披露目までですませたのだが、歴史的建造物への設置となるのでロンドン市から認可が下りないままになっている。いずれ丸型の日本からのプレートも設置される予定（二〇一八年現在）。

現在はイタリア・レストラン、サビーニとして営業している。場所柄もあり、値段は高め。食事をするのなら夕方五時から七時のサービスタイムがおすすめ。

セント・バーソロミュー病院（通称バーツ）

化学実験室で初対面のワトスンにホームズがかけた「はじめまして、アフガニスタンにおられたのでしょう」のことばの記念プレートが、この病院の博物館に飾られている。病理研究室に掲げてあったものが、現在はヘンリー八世門を通ったすぐの博物館に移動している。ただし博物館はボランティアによって運営されているので、開館時間などは事前に調べて訪問したい。小さな博物館だが、病院の歴史、医療器具などの変遷もわかるように工夫されている。かつては中に入ることもできたグレートホールの壁画はこの博物館の中から眺めるだけとなった。画家ウィリアム・ホガースが献納したイエス・キリストの徳をたたえる巨大な壁画「ベセスダの泉」（二〇一八年刊の聖書〔聖書協会共同訳〕で

ホームズ時代のベイカー街。

は「ベトザタの池」）「善きサマリア人」は、この英国最古の慈善病院にふさわしい。横から覗き見ることしかできなくなってしまったのが残念だ。病院奥には売店があり、入院者用の必要品にまじって病院のロゴマーク入りの記念品やバッグなどもある。

またヘンリー八世門脇の建物の屋上から、BBC放映の「シャーロック」が飛び降りる設定（シーズン2第3話）になっているので、新しい名所にもなりつつある。

パブ「ザ・シャーロック・ホームズ」

このパブの二階には、ホームズの居室が「物語」に非常に忠実に再現されている。一階のパブのみの利用でも二階に上がって部屋を眺めることができる。ロンドンの有名パブにも挙げられているのでパブ巡りの客も多い。

一階の店内もホームズゆかりの品が壁のそこここに飾ってあるし、窓のすりガラスにはホームズとワトスンが描かれている。

二階のレストランでの食事は、予約をしておくのが無難。結構こみあう。二〇一七年の日本シャーロック・ホームズ・クラブ創立四〇周年記念に有志でロンドンへ旅行したときには、このパブでロンドン・シャーロック・ホームズ会の方たちとの交流会を持った。その折、このパブのホームズの部屋の鍵を持ち、管理をまかされているロンドンの会の重鎮ロジャー・ジョンソンさんの特別の配慮で、四人一組になって二分

ノーサンバランドのパブ「ザ・シャーロック・ホームズ」内のホームズの居間。ホームズ・クラブ創立40周年記念ロンドン旅行で、ロンドン・シャーロック・ホームズ会との交流会の折、特別に中に入っての撮影が許された。

同パブの外観。

間ずつ中に入っての写真撮影を許された（写真参照）。

陰で人気を支えるワトスン

ワトスンは一八五〇年代に生まれて、オーストラリアで幼年時代を過ごし、後にイングランドの学校に入って、ロンドンの大学で医師となる。セント・バーソロミュー病院に勤め、ネットリーで軍医としての訓練を受けてから、第二次アフガン戦争に出征、重傷を負って帰還した傷痍軍人である。《四つのサイン》事件のヒロインであるメアリ・モースタン嬢と結婚した。

背はあまり高くなく、顎が角張っていて、首が太い、がっしりした闘士型の体格。ラグビーと競馬が好きで、口髭をたくわえている。

ワトスンはホームズの引き立て役、いわば縁の下の力持ちとして描かれているが、よく読んでみるとなかなか魅力的な人柄である。多少愚鈍なところはあるが、誠実で忠誠心に富み、女に弱い善人という印象だ。温かい気持ちと常識の持ち主で、物事の本質をとらえる能力に優れ、論理的、実際的、粘り強さ、謙遜が彼の長所である。

一見、強そうに見えるホームズも、本質的には弱虫の甘えん坊で内心には不安が渦巻いている。ワトスンに文句を言ったり、不満をぶつけたりするものの、成熟したパーソナリティの持ち主であるワトスンに寄りかからずにはいられないのが実情であった。

危険な場所に乗り込むときには、必ずワトスンに同行を頼んでいるし、「都合がよければ来い、悪くても来い」（《這う男》）と電報一本でワトスンを呼び出したりするのはまるでダダっ子である。

ワトスンはホームズの活躍の記録係として筆を振るうが、ホームズはそれを文学的修飾が多すぎるとか、事実を忠実に描写していないなどと言ってけなしている。ホームズをもっとも賢明な人物として際立たせるために、自分のことをわざと愚直に描写しているきらいがあるから、ワトスンの行動に関してはどこまで本当のことであるのか疑問が残る。

ホームズはワトスンに自分の考えを話して、喋りながら思索をすすめるのが好きで、ワトスンはホームズの「心を研ぐ砥石」のような役割を果たしていたのだ。頭の回転が遅いので何一つわからぬようなふりをして、話を聴いて感心してくれるワトスンを前にすると、ホームズは直観力を刺激されて火に油を注いだように思考がわき上がってくるのである。

「すごいね、ホームズ」とか「さすがだね！」と合いの手を入れて、ホームズの推理力を次々に引き出すワトスンの能力は大したものだ。カウンセリングには、共感的理解、受容、無条件の尊重、配慮、自己開示、ありのままでいること、などが必要だと言われているが、ワトスンにはそのすべてが備わっているように見える。

ベイカー街と夏目漱石

英文学者夏目漱石は、文部省第一回給費留学生として、一九〇〇（明治三三）年九月八日、横浜を出帆、一〇月二八日、ロンドンへ到着し、翌々年の一九〇二年一二月五日、ロンドンを去って、一九〇三年一月二三日帰国している。

「ロンドンに住み暮らしたる二年はもっとも不愉快の二年なり。余は英国紳士の間にあって狼群に伍する一匹のむく犬のごとく、あわれなる生活を営みたり。ロンドンの人口は五百万と聞く。五百万粒の油のなかに、一滴の水となってかろうじて露命を繋げるは余が当時の状態なりということを断言して憚からず」（漱石『文学論』）。

このロンドンでの苦闘こそ、漱石が作家として立つための重要な契機になったと言われている。漱石は、滞在中、大学へはほとんど通わず、ベイカー街の一本西のグロスター・プレイスに住むシェイクスピア研究家Ｗ・Ｊ・クレイグ教授のもとに週に一回通って個人教授を受けたのだった。当時、ベイカー街２２１Ｂに居たホームズも、シェイクスピアについては一家言をもち、しかも隣接街路のこと、二人が出会った可能性は十分ある。

　漱石はベイカー街のレストランで食事をとったこともある。

　また、この漱石が探偵として活躍し、ホームズとロンドンで事件を解決するというパロディもある（島田荘司『漱石と倫敦ミイラ殺人事件』一九八四年）。

夏目漱石が描かれた『漱石と倫敦ミイラ殺人事件』（島田荘司、集英社文庫）の表紙。

寛容なハドスン夫人

　夜昼なく依頼人がたずねてくる、奇妙な化学実験をして煙を出す、部屋の壁にピストルでＶＲ（ヴィクトリア女王のイニシャル）と撃ち抜く……などなど、世界一ひどい下宿人をかかえた家主が、このハドスン夫

香りが強いハドスン夫人の石鹸（シャーロック・ホームズ博物館で購入）。

人である。映画、演劇、テレビなどでは馴染みが深い重要人物のわりに、イラストに描かれることが少ない。

にもかかわらず、ホームズを心から尊敬していた。彼女が重要な役割を演じたのは《瀕死の探偵》の事件で、正体不明の重病に倒れたホームズの身を案じてワトスンを呼びに行った。

ライヘンバッハの滝でモリアーティとともに命を失ったと思っていたホームズが、三年の後ベイカー街に生還したその夜の《空き家の冒険》事件では、敵のモラン大佐の目を欺くために、命がけでホームズの蝋人形を一定の時間ごとに動かすという大役を引き受けたりもした。

依頼人の名刺をホームズの部屋へ取次ぎ（《三人ガリデブ》）、電報を届けたり（《踊る人形》）、客の案内（《恐怖の谷》、《四つのサイン》、《ウィステリア荘》、《黒ピータ》）をしたり、朝早い依頼人のヘレン・ストーナーに起こされたりした（《まだらの紐》）。

引退したあと、兄マイクロフトの依頼でホームズが国際スパイとして活躍した

《最後の挨拶》で、ドイツ・スパイのフォン・ボルク家に住み込み家政婦として働いていたマーサ夫人はハドスン夫人だったという説は有力。もし、それが事実ならば、マーサ夫人はホームズの協力者で、ひそかに情報をホームズに流していたのも当然である。

スコットランド・ヤードの建物

スコットランド・ヤードというのは、ロンドン警視庁の通称。鉄道のチャリング・クロス駅から西へ二〇〇メートルほど歩くとノーサンバランド・ストリートがあり、その10番にパブ「ザ・シャーロック・ホームズ」がある。このパブ（酒場）のすぐ前を西へ曲がりながら走る道がグレイト・スコットランド・ヤードで、この一本南を東西に走るホワイトホール・プレイスとの間に、ロンドン警視庁の最初の建物があった。これは、八畳敷き四室くらいの広さで二階建ての四角い建物だったが、現在は取り壊されて、政府の別の建物がたっている。近くにいた現職の警官にたずねても所在がわからず、苦労して見つけたことを思い出す。

スコットランド国王や大使が、イングランド王室を訪ねた時に宿泊する宮殿が昔

初代スコットランド・ヤードの建物と記念プレート。

からここにあって、そのうちの一棟だけが残っていたのを、一八二九年にサー・ロバート・ピールが新しく創設した首都警察の本部にしたため、このスコットランド・ヤードという名称がついた。

　ホームズも一八七七年に探偵を開業してから一三年間ほど、この古い建物とつきあったことになる。

　その後、ここが手狭になったため、新しくニュー・スコットランド・ヤードを造って、一八九〇年から一九六七年まで使われたのが、現在ノーマン・ショウ・ビルディングと呼ばれる議会の管理棟になっている建物で、地下鉄ウェストミンスター駅のすぐ北側のテムズ河岸にある。赤煉瓦六階建てのビルだ。一〜二階の外側を囲う白い石は、《バスカヴィル家の犬》の舞台であるダートムアで囚人たちが切り出したもので、一八七五年に造り始めたグランド・ナショナル・オペラハウスが資金切れで立ち往生していたのを買い取って完成させたという、いわくつきの建物で「警察のお城」を思わせる堂々たる外観だ。一四〇室のうち四〇室以上が犯罪捜査課に使われていた。これを建てたのはノーマン・ショウで、ニュー・スコットランド・ヤードと名づけたのは退職寸前の警察総監ジェイムズ・マンローである。完成して五年後には、すぐ南側に同じような建物スコットランド・ハウスが増設され、陸橋で結ばれた。

現在使われているニュー・スコットランド・ヤードは、ヴィクトリア駅からウェストミンスター寺院へ行く途中にあり、ブロードウェイとヴィクトリア街の角の二〇階建てガラス張りの超現代的なビル。七〇〇室あり、玄関前の広場には、ニュー・スコットランド・ヤードと書かれた大きな看板が回転している。

ホームズ生還一〇〇周年記念の大イヴェントの折には、このニュー・スコットランド・ヤード内のハイテクを備えた大講堂で、初の「世界シャーロック・ホームズ・シンポジウム」(International Sherlock Holmes Symposium)が開催され、小林もシンポジストとして参加した。

馬車と地下鉄

ホームズの時代には鉄道網が全国に敷かれ、馬車は近距離の交通手段として使われていた。

一八八一年のロンドン市内の辻馬車の台数は九七〇〇台、一日の乗客数は八万人、一人あたりの料金は平均一八ペンス(約一八〇〇円、一ペンス=一〇〇円として換算)、一日の馬車一台の収入は一二シリング(約一万四四〇〇円)だったそうだ。

タクシー馬車のほかにも、ロンドン市内には、オムニバスと呼ばれる、定員室内一二名、屋根の上一〇名の乗合馬車が一六二〇台も走っていて、一日の乗客は約一五万人にものぼった。だからロンドン市内は馬車の波で大渋滞だったようだ。

まだ電気もない時代に、世界に先がけて、ロンドン市が地下鉄を一八六三年に走らせたのは、この大混雑を何とかしたいと考えたからにほかならない。

ベイカー街駅を通るイナー・サークル・ライン(現在のサークル・ライン)はすで

に一八八四年に環状になっていたのには驚かされる。

電気もない時代に地下鉄がどうやって走っていたのかと不思議に思うだろうが、実は蒸気機関車が引いていて、その煙は所々に設けられていた煙抜きから外へ排出されていた。現在でも、地下鉄ベイカー街駅のサークル・ラインのホームに行くと、煙抜きの穴の跡が、きれいに補修されて残っている。

ホームズ時代の馬車。

馬車に比べると、渋滞がなく時間も正確だということで、地下鉄は人気があった。開通当初から一日平均二万六〇〇〇人の乗客があり、初めは運転間隔が最短で一五分。さらに、一八六三年七月には、ラッシュアワー時には二分間隔で運行するという、現代顔負けの過密ダイヤとなった。

もっとも、地下鉄といっても、現在のような車輌ではなく、トロッコ二台を連ねたようなもので、当時の最も新しい乗物として親しまれた。ホームズとワトスンがしばしば地下鉄を利用したかと思うとそうではない。《赤毛組合》の中にしか、これに乗ったという記述が見られないのは意外な事実だ。

2　ロンドンを離れて

ホームズ引退の地　サセックス丘陵

ホームズの足跡は英国全土に及んでいるが、特に代表的なところを紹介する。

ホームズの引退の地とされるイーストボーンまではロンドン・ヴィクトリア駅から列車で一時間半ほど。日帰りも可能で、マルクス、エンゲルスも訪れたことのある温暖な保養地である。そこからホームズが引退していたサセックス丘陵までは交通の便が悪い。セヴン・シスターズ・カントリーパークまでのバスはあるが、岩壁までは徒歩で三〇分ほどもかかる。

今回は贅沢にもホームズ・クラブのツアーでロンドンからバスを仕立てて、サセックス丘陵の白亜の断崖絶壁、セヴン・シスターズへ直行。カトリックのシスターが被りものをして並んでいる姿に似ていることから、この名前がついたという。二〇一七

サセックス丘陵のホームズ引退後の家か？　認定証がいつのまにかついた。

年公開のホームズ最晩年を扱った「Mr.ホームズ　名探偵最後の事件」のラストシーンを思わせる丘陵と白亜の絶壁が見渡せる地点にたたずんでみたが、ホームズの家らしきものは見つからなかった。白亜の絶壁は年に数メール崩落しているそうで、くれぐれも端に行かないようにとの注意を受けた。

帰途、イースト・ディーンの小さな村でホームズが引退していたときに住んだ二階建ての家だといわれている場所があるということで、休憩がてらに皆で立ち寄る。ここがホームズ引退後に住んでいた家であることを示す、ロンドンでもよく見る名所を示す銘板ブループラークのまがい物がつけてある。記述と少し位置が違うがと思いつつ、皆カメラに収める。帰国後に筆者の『図説　シャーロック・ホームズ』のイーストボーンの項を見ると、なんとホームズの引退してからの家かもしれないとしてこの家の写真を掲載しているではないか。ここを訪れたのは一九八五年のこと。すっかり記憶が飛んでいた。

魔犬伝説《バスカヴィル家の犬》の舞台　ダートムア

「ホームズ物語」の人気投票では常に一位をしめるのがこの《バスカヴィル家の犬》で、霧のまく荒野《ムア》、魔犬伝説、当主の不可解な死、脱走殺人犯、莫大な財産の相続、舞台はおどろおどろしい雰囲気につつまれ、読者を異空間へと誘う。

娘のエリカと訪れたときにはタクシーを一日借り切っての贅沢な旅だった。バスなどの公共機関を利用した舞台探索は難しい。タクシーで回る途中に、一人旅だったら困りそうな場所にぽつんと立つB＆Bの看板を見た。ここを訪ねる観光客のおもな目的は山歩きである。多くのハイカーが地図を片手に歩いている。

意外に小さかったグリンペンの底なし沼（？）。ダートムアにて。

ホームズの愛読者にとっては実際のバスカヴィル館がどこなのか、候補地もいくつかあり、探し当てるのも楽しみの一つ。魔犬の危険はないが「遭難」の危険は常にあるとのことで、古い教会が避難小屋としてところどころに整備されていた。このダートムアを「荒野」、「荒地」などと訳されていることが多いが、この地に住んでいたことのある英文学者の井村君江さんは、「『ムア』というのはほかのどの表現でも言いあらわせない」と強調しておられた。

最西端《悪魔の足》の舞台　ポールデュー湾——クラカ・バラ

　英国鉄道の南西端、パディントンから八時間ほどの地がペンザンス。ここからさらに海岸沿いを行くと、ホームズが「肉体に衰弱をきたしている」と心配したワトスンの勧めで転地療養した地がある。それは、ポールデュー湾が見下ろせるコテッジで、現在は「クラカ・バラ」と呼ばれている瀟洒《しょうしゃ》なコテッジ。ホームズも読み書きができたという、この地のコーンワル語で「CRAIG A BELLA」と綴《つづ》る。

　ペンザンスからのバスでセント・マイケルズ・マウントの小島を通り越して途中のヘルストンまで行き、そこからはタクシーで小高い山の上にある目的地クラカ・バラを目指した。

　ここで、療養中のホームズは《悪魔の足》という事件に遭遇する。突然、精神に異常をきたしたという奇怪な事件の被害者は、わたしたちがタクシーを頼んだヘルストンの町にある精神病院に運ばれている。このコテッジでホームズはあろうことかワトスンを巻き込み、事件解決のために「悪魔の足」と呼ばれる毒薬をランプで燃やすという人体実験を試みている。ランプをこの家の庭に投げ出すグラナダテレビのシーンは印象的だ。住宅密集地だったら、ホームズもこの実験を思いとどまっただろう。

《プライオリ学校》の舞台　マトロック

《プライオリ学校》の舞台を訪ねようとマトロックという小さな田舎町（マンチェスターとダービーの中間地）へ行った。夕刻に着き、泊ろうとしたが、ホテルらしい建物もさっぱり見当たらず、困った。人に尋ねて駅から三〇〇メートルほど離れたパブの二階にあるこの町唯一の宿にたどり着いたときは、ほっとしたものだった。

翌日は一日徒歩で散策。捕獲されたばかりのウサギやキジが店先にぶら下げてあるのに驚いたりもした。三〜四時間も歩いてやっとたどり着いた学校の門にある「プライオリ・スクール」の看板には「girls」という文字があるではないか。これでは違う学校を訪ねたことになってしまう。がっかりしたが、昔は男子も入れたか、あるいは、さらわれたサルタイア卿は少年ではなく「少女」だった（?）と決めて写真に収めた。

長い散策の後は、隣の町マトロック・バスという温泉街のホテルに泊り、町を見物していたら、犬のホームズとワトスンの焼物や、木彫りのホームズなど幾つかの珍品を入手できた。こんなところで、ホームズに出会えるとは嬉しい。

ホームズの大学　オックスフォードとケンブリッジ

オックスフォードとケンブリッジの両大学は、我が大学こそホームズの出身校であるといって互いに譲らないライヴァルであるが、どちらにも決定的な証拠がない。

双方、英国の超名門校で、両大学とも卒業生にシャーロキアンが多く、決着はなかなかつかないようだ。もっともケンブリッジ大学のセント・キャサリン・カレッジにはシャーロック・コートとシャーロック・ライブラリーという中庭と図書館がある。ただし、シャーロック・ホームズにちなんだものではなく、学寮長のファミリー・ネームからとったのだそうだ。

ケンブリッジのトリニティー・カレッジはミルトンやバイロンも学んだ名門校であるから、ホームズも多分ここの卒業生だろうとファンが勝手にそう決めてしまった。

カンタベリー

宿敵モリアーティ教授に追われてホームズが難を避けたカンタベリーの町には、本物そっくりに作られた人形が路に立っていて、驚かされた。夜遅くに、街角の雑貨屋のショーウィンドウでワトスンのマスクの壁掛けがあるのを見かけ、翌朝買いに行ったのもこの町である。ホームズのマスクをロンドンで、モリアーティのをバースの温泉会館で見つけたので、三つ揃ったときは嬉しかった。カンタベリーの手前にあるロチェスターで途中下車してディケンズ・ミュージアムに立ち寄ったときには、ホームズのマスクの指貫《ゆびぬき》を手に入れた。ゆかりの町を訪ねて偶然にホームズの人形などを見つけたことも多い。

このカンタベリーでホームズとワトスンはモリアーティが仕立てた臨時列車をうまくやり過ごして、ヨーロッパ大陸へ渡ったのだ。

カンタベリーは大聖堂の町として有名で、巡礼の地でもあり観光客も多い。ロンドンからの日帰りも可能だが、町のあちこちに置かれている『カンタベリー物語』に登場する人物そっくりの人形とゆっくりたわむれるのも一興。

3 聖地となったライヘンバッハ滝

最近はアニメの舞台を巡ることを「聖地巡礼」と言うのだそうだが、そのことばが流行《はや》るずっと前からスイスのライヘンバッハ滝への旅は「聖地巡礼（pilgrimage）」と称されていて、ロンドン・シャーロック・ホームズ会とスイス政府観光局の主催ですでに一九六八年に第一回が催行されている。二回目が一九七八年、東山は三回目の一九八七年から一九八八年、一九九一年、二〇一二年と四回参加している。

小説などに登場する人物をたどる旅を「コンテンツツーリズム」と称する。「群像」二〇一七年一二月号に掲載された、「なぜシャーロック・ホームズは『永遠』なのか——コンテンツツーリズム論序説」による。この評論を書いた石橋正孝さんはスイスのライヘンバッハ滝を訪ねた経験を論文の冒頭に掲げている。ちなみにこの論文は第六一回群像新人評論賞を受賞した。

さて本題、このスイス・マイリンゲンにあるライヘンバッハ滝はホームズ愛好者にとってはロンドンのベイカー街に次いで、どうしても訪れてみたい聖地となっている。

ホームズはマイリンゲンの町の名誉市民

有名観光地のインターラーケンからほど近いマイリンゲンは、町をあげてホームズを歓迎。ホームズは町の「名誉市民」に認定されている。近代的なシャーロック・ホームズ・スポーツ・ホテル、ホームズ・パブもあるし、古くからのホテル・ソバージュには一八九一年にモリアーティとの決闘前のホームズとワトスンが宿泊していた「アングリッシャ・ホーフ（英国旅館）」であることを示す正式な認定証も掲げられている。

マイリンゲンのホームズ座像。

　このホテルの横はコナン・ドイル広場と名づけられていて、綺麗に整備されている。目当てはシャーロック・ホームズの座像。一九八八年のこの像の除幕式には娘のエリカも巡礼団の一員に加えてもらって参加した。像の製作者は有名な彫刻家のジョン・ダブルデイ。ロンドンのベイカー街に立つホームズ像もスイスの後に製作している、かなり熱心なシャーロキアンでもある。

二〇一七年にスイスのシャーロック・ホームズ会（ライヘンバッハ・イレギュラーズ）主催のセミナーに参加したときに発見したのが、ホームズ像の脇に新しく建立された巨大な石と二人の登山家の像である。ホームズ像の三倍以上もあろうかという作品にいささか驚いた。どうしてこんなところにと思ったのだが、セミナーでの発表によるとあながちホームズに無関係というわけではなさそうだ。

ホームズ博物館

ホテル・ソバージュの庭続きには今は教会としては使われていない英国教会の建物があり、その地下がシャーロック・ホームズ博物館となっている。ホームズの居室が素敵に再現されている。この部屋の監修もロンドン・シャーロック・ホームズ会の重鎮が行った。ホームズゆかりの品もさまざまに展示されている。日本シャーロック・ホームズ・クラブが寄贈した長野県軽井沢町追分に立つホームズ像のレプリカも飾られている。案内の説明のイヤホンガイドは英・独・仏・伊のほかに日本語もあり、ありがたい。

ライヘンバッハ滝

ホームズと宿敵モリアーティ教授が決闘をしたライヘンバッハ滝。死闘の末、二人は組討ちのままこの滝壺へ転落……轟音とともに水しぶきをあげる勇壮な光景。二〇一七年の訪問時には折からの悪天候で、滝はミルクティーのような色だったが、それがまたホームズとモリアーティの一層の危機感を醸し出していて、死闘には相応しいように思えた。

ホームズ対モリアーティの決闘シーン。《最後の事件》より。シドニー・パジット画。

山頂の登山電車《フニクラ》を降りたところにはガラス張りの展望所が新設されていて、豪雨のなかでもなんとか見学もできるようになっていた。山頂の滝壺を挟んだ向こう側に目を移すと、星のマークが小さく見える。ホームズとモリアーティが出会って

スイス巡礼ツアー2012。左からホームズ、ワトスン、モリアーティに扮したロンドン・シャーロック・ホームズ会の重鎮たち。「星のマーク」下にて。

組討ちをしたところがこの岩棚だとして、スイスのシャーロキアン団体が星のマークとさらに記念プレートを設置している。記念プレートを見るためには徒歩で山道を行くしかない。二〇一二年には滝上のツベルギの茶屋から徒歩で下って間近で見たが、その後に座骨神経痛を発症してまだ完治していない。健脚の人向けのコース。

マイリンゲンの町はずれからは登山電車で登るのが便利。乗り場前の広場もひろびろと整備されていて、かつて登山電車の乗り口の広場前にあったホームズの記念レリーフは乗り場のすぐ横に移動しているので見落とさないようにしたい。

宿敵モリアーティ教授

名はジェームズ。生年は不明。一八九一年五月四日没。

犯罪界のナポレオン。数学の才能にめぐまれ、二項定理に関する論文で小さな大学の教授の席を得た。『小惑星の力学』は教授時代に執筆したものと思える。

絵画が趣味でフランスの画家ジャン・バプティスト・グルーズ（一七二五〜一八〇五）の四〇〇〇ポンドを越す値打ちがあるといわれる作品の一つ「腕を組む少女」を自宅に飾っていた（《恐怖の谷》）。

ホームズの宿敵モリアーティ教授とその名刺。かつてホームズ・グッズ専門店で販売していた絵葉書（片柳道代氏提供）。

　モリアーティはスイスのマイリンゲンにあるライヘンバッハ滝で、ローゼンラウイへ向かうホームズを待ち伏せして、ホームズと組討ちのまま滝壺で命を失った。

　ホームズに数学の家庭教師をしていた善良な人物を、コカインによる妄想でホームズが犯罪王だと思い込んだのだろう、という説もある。実際にモリアーティを目撃したのは、ホームズとマクドナルド警部（《恐怖の谷》）だけであることから、存在そのものも疑われている。行動にも謎の多い人物。三人兄弟で弟はイングランド西部の駅の駅長。兄は同姓同名のジェームズ・モリアーティ大佐。この兄は、弟の死についての公開状をスイスの新聞「ジュルナル・ドゥ・ジュネーヴ」に載せたことがある。

「ホームズ物語」には欠かせない人物で、各種のドラマや映画、演劇に登場。モリアーティが特に好きだという人も多い。二〇一五年に上演された韓国発のホームズ・ミュージカル「シャーロック　ホームズ2～ブラッディ・ゲーム」の中では、モリアーティの部屋にグルーズの「腕を組む少女」が飾ってあり、ファン心がくすぐられたのを思い出す。

4 日本にもあるホームズ

ホームズ像

長野県北佐久郡軽井沢町追分　庚申塚公園内

日本のシャーロック・ホームズ像は一九八八年、日本シャーロック・ホームズ・クラブの有志によって「ホームズ物語」発表一〇〇年を記念して建立された。軽井沢町の信濃追分の地が選ばれたのは、日本初の「ホームズ物語」六〇編の翻訳作業をした延原謙の別荘がこの地にあったことに由来する。かつては延原別荘には「ホームズ庵」という看板が掲げられていたという。

彫刻は佐藤喜則。軽井沢町のガイドブックなどで多く紹介されている。信濃追分は堀辰雄の『風立ちぬ』などの文学の舞台でもあり、その文学館もあることから、文学散歩の途中にホームズ像まで足を延ばす観光客も多い。

ホームズの部屋、ベイカー街駅、ホームズ像まで完備

神戸異人館　英国館

神戸にある異人館の一つ英国館（入館有料）にはホームズの部屋の復元があり、ロンドン、スイスまではちょっと遠いというファンを喜ばせてくれている。

ホームズの居室は「ホームズ物語」にある記述を正確に再現している。家具、調度品はすべて英国のヴィクトリア時代のものを取り揃えているという本格派。庭には小型ながら地下鉄ベイカー街駅もあるし、これまた、少し小さいのだがホームズ像もある。ディアストーカー、インヴァネス・コートの貸し出しサーヴィスもあり、着用しての記念写真も可。関連グッズの販売もされている。

英国パブ「シャーロック ホームズ」

大阪駅前第1ビル地下一階（月曜日休み）

このパブの創始者は、日本シャーロック・ホームズ・クラブの創立当初からの会員。ご自身のもう一つの趣味であるダーツと、ホームズファンがともに集い楽しめる場所として納得のいく内装をしつらえて開店。ドイル直筆の手紙も飾ってある。現在のオーナーもホームズ・クラブの会員。入り口はロンドンのパブ「ザ・シャーロック・ホームズ」を思わせるガラス窓をしつらえた重厚な趣。

超レアコレクション　小林家秘蔵の品

一九七七年に小林と創設した日本シャーロック・ホームズ・クラブは二〇一七年に四〇周年記念を祝い、二〇一六年にはホームズを通じた英国との長年にわたる文化交流の実績が認められ、日英協会賞を受賞した。

私たちはホームズの足跡を追いかけて、英国をはじめ、アメリカ、カナダ、ヨーロッパへと世界中を駆け巡った。旅での思いがけない出会いと、はぐくんだ友情の賜物として、さまざまな本やグッズを収集し、わが家は本とグッズのコレクションの宝庫となった。その中から特に思い入れの深いもの、「超」のつく珍しいものを公開しよう。

北朝鮮発行のホームズ本　中国で売られていた北朝鮮発行の「ホームズ本」を2000年に譲り受けた。シドニー・パジットもどきの挿絵が入っているが、寄贈者が読み解いたところ、青少年向けのコンピュータ言語に関するテキストで、ホームズ作品とは無縁だという。

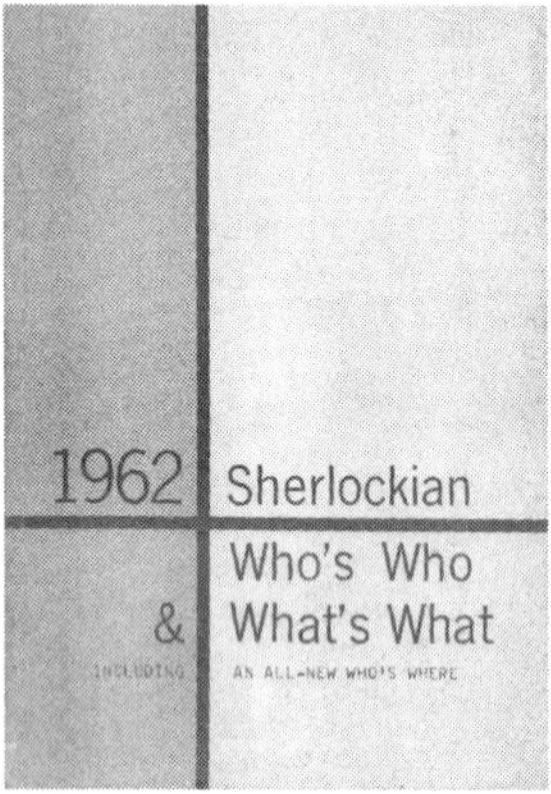

（右上）**アガサ・クリスティー著『ホームズ物語』？**　ドイツ語の《バスカヴィル家の犬》で、中扉にある著者はアガサ・クリスティー。1999年に娘のエリカがウィーンで購入した土産。本人も私たちも最初は気がつかなかった。最近、外国語のホームズ本すべての表紙と中扉を複写した折に初めて発見。

（左上）**1962年版『シャーロキアン名鑑』**　アメリカで発行され、本書の著者・小林司の名前も掲載されている。この登録のためロンドンのベイカー街で口頭試験を受けたのだなどと「大法螺を吹いて」家族を煙に巻いていた。

（左下）**エスペラント語版《バスカヴィル家の犬》**「世界文学」シリーズの一冊として1998年にロシアで発行された初版。英国の高名なエスペラント文学者ウィリアム・オールドによるエスペラント訳。河出版の翻訳の時にはずいぶん参考にした。私たちがシャーロキアンであることはエスペラント仲間で有名だったので、二人への献辞つきで送られてきた。

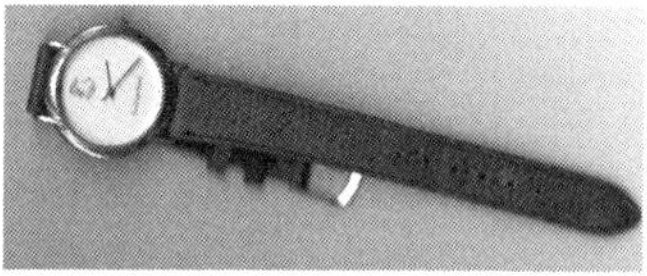

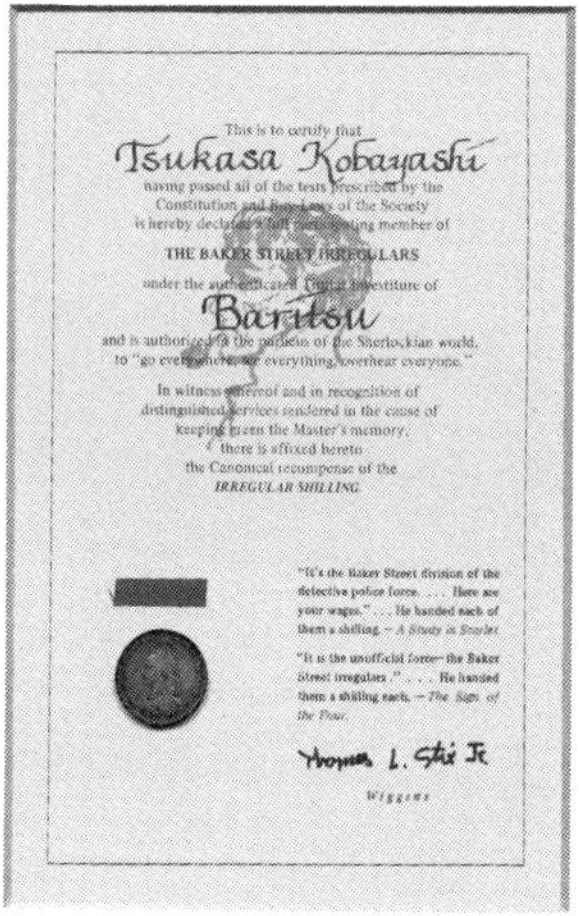

This is to certify that
Tsukasa Kobayashi
having passed all of the tests prescribed by the
Constitution [illegible] of the Society
is hereby [illegible] member of
THE BAKER STREET IRREGULARS
under the [illegible] Investiture of
Baritsu
and is authorized [illegible] of the Sherlockian world,
to "go [illegible] everything, overhear everyone."
In witness whereof and in recognition of
distinguished services rendered in the cause of
keeping green the Master's memory,
there is affixed hereto
the Canonical recompense of the
IRREGULAR SHILLING.

"It's the Baker Street division of the detective police force. . . . Here are your wages." . . . He handed each of them a shilling. — *A Study in Scarlet*

"It is the unofficial force—the Baker Street irregulars." . . . He handed them a shilling each. — *The Sign of the Four.*

Thomas L. Stix Jr.
Wiggins

（上）**スイス・ツアーの記念品「腕時計」**　1991年にロンドン・シャーロック・ホームズ会の主催でスイス・ライヘンバッハ滝まで巡礼ツアーに行った時の記念品。本書に漫画を掲載した娘の小林エリカ（当時13歳）も《ボスコム谷の惨劇》に登場する13歳のペイシェンス・モラン役で参加。2016年のスイス・ツアーの時にも着用して、リーダーで元スイス政府観光局ロンドン支局長のクンツ氏に、91年当時の記念品だと見せたら「さすがにスイス・メイドだ」と満面の笑みだった。

BSI認定証　バリツ　小林（右上）と東山（下）　BSIは世界で最も歴史のあるシャーロキアンの団体で、毎年1月にニューヨークでホームズの誕生を祝う晩餐会を開催している。小林司はそこで1989年に認定され、2011年に東山が同じシャーロキアン・ネーム「バリツ」を授与された。

This is to certify that
Akane Higashiyama
having passed all the tests prescribed by the Constitution and Buy Laws of the Society
is hereby declared a full and participating member of
The Baker Street Irregulars
under the authenticated Titular Investiture of
Baritsu
and is authorized in the purlieus of the Sherlockian world, to "go everywhere, see everything, overhear everyone."
In witness whereof and in recognition of distinguished services rendered in the cause of keeping green the Master's memory, there is affixed hereto the Canonical recompense of the Irregular Shilling.

Michael F. Whelan
Wiggins

わが友 シャーロック・ホームズ

1　名探偵の人と生涯

探偵ホームズ誕生

ホームズの家系については、先祖が地方の大地主だ（《ギリシャ語通訳》）ということがわかっているにすぎない。

それというのも、ホームズがもちまえの内気のため、口をとざしていて、調査のしようがないのである（《緋色の習作》）。新しい友人をつくらない、社交ぎらい、親戚についていっさい口にしない、若いころの生活についても話さない（《ギリシャ語通訳》）、女性を避ける、といった調子なのだ。

シャーロック・ホームズは、一八五四（安政一）年一月六日、エミリ・ブロンテの小説『嵐が丘』の舞台になったイングランドの北ライディングで生まれたのだという説があるが、確証はない。兄弟としては七歳年上の兄マイクロフト・ホームズがいて、ある省の会計監査役をしていたが、のちに英国政府の高官になった。

ホームズは、やがてオックスフォードまたはケンブリッジ大学に学ぶ。この時代の親友としては、イングランド東部の大地主の子で、活発なヴィクター・トレヴァーが一人いただけで、ホームズ自身はいつも自室にとじこもって室内を歩きまわったり、思索にふけっている（《グロリア・スコット号》）ような目立たない学生であった。

同じカレッジには名門の子息レジナルド・マスグレーヴ（事件《マスグレーヴ家の儀式》の依頼者）がいたが、わずかに面識があったていどの間柄だったようだ。

大学を終えたホームズは、ロンドンへ移った。一八七七（明治一〇）年、大英帝国全盛期の統治者ヴィクトリア女王（在位一八三七～一九〇一）がインド皇帝を兼任することになり、東洋の国、日本では西南戦争が勃発した年であった。

はじめは、ちょっと角を曲がれば大英博物館があるというモンタギュー街に間借りして諮問《コンサルタント》探偵を開業し、捜査依頼が来るのを毎日待っていたのだった（《マスグレーヴ家の儀式》）。しかし数カ月たっても一つの仕事もちこまれず（《マスグレーヴ家の儀式》）、彼はこの退屈な時間を、将来役に立ちそうな学問を勉強するために有効に使い、大英博物館の図書室へ熱心に通ったのである。

ベイカー街221Bにあるハドスン夫人の部屋をワトスン医師と共同で借りることになり、そこへ越したのは、四年後の一八八一年一月のことである。一七段の階段を二階へ上がると、そこには居心地のよい寝室二つと、大きな窓が二つあって、明るく風通しのよい家具付き居間一つがあった（《緋色の習作》）。ワトスンには、セント・バーソロミュー病院（通称バーツ）の化学研究室で実験中に、双方の知人スタンフォード青年から紹介されたのだった。

《唇の捩れた男》より。左は依頼人のセントクレア夫人。

ホームズの人柄と特技

ホームズは、身長一八〇センチあまり、やせ型で、灰色の目（《三人ガリデブ》）は鋭く、鼻は肉が薄く、すばやく勇敢な印象を与えており、顎が出て角ばっているためいかにも意志が強そうにみえた（《緋色の習作》）。

表情にはあまり動きがなく、ふだんは、どちらかといえば無表情（《海軍条約文書事件》、《曲がった男》）であった。苦行僧のように顔をしかめて、落ちくぼんだ灰色の目（《バスカヴィル家の犬》）をくもらせる（《スリー・クォーターの失踪》）のは、事件のないときである。

訪問者の話を聞くときは、この両眼をとじ、両手の指を軽く合わせて耳を傾ける（《ノーウッドの建築士》）癖があった。興奮するとやせた青白い顔の頬だけを赤くし（《曲がった男》）、細くて長い指を神経質に握ったり開いたりしながら、室内を歩きまわる（《オレンジの種五つ》）。そして、たいていの金庫なら苦もなくあけることができた（《犯人は二人》）器用な両手は、いつもインクと化学薬品のしみで汚れているのだった。

ホームズは、運動のための運動などには、縁遠かった（《黄色い顔》）。スポーツの情報にも暗かったが（《スリー・クォーターの失踪》）、腕力は相当に強く、《まだらの紐》事件のときには、サリ州の名門の子孫だというロイロットが飴のように曲げた火掻き棒を、ホームズはぐっとまっすぐにもどしてみせたりする。棒術、ボクシング、フェンシングにわたる達人であり（《四つのサイン》、《フラーンシス・カーファックスの失踪》）、日本の武術の流れをくむバリツ（護身術）の心得もあった（《最後の事件》）。

ホームズの身体は、鋼鉄のように丈夫だったが、一八八七年春（《ライゲイトの大地主》）と一八九七年春（《悪魔の足》）の二回、過労で倒れたことがある。二カ月以上もの間、毎日一五時間あまりの仕事をしたため神経が疲れきってしまい、憂うつ状態に落ち込んだのである（《ライゲイトの大地主》）。一八九一年四月、《最後の事件》のときには、コカイン依存症で被害妄想にさいなまれていたのではないかという説もある。

しぶ好みのとんでもない下宿人

服装については、しぶ好みで、落ちついていて、山のなかにいても、真っ白いカラーを毎日取り替える（《バスカヴィル家の犬》）ほど身だしなみが良く、考え方も理路整然としていたのだが、日々の暮らしぶりはどうしたわけか比類がないほどだらしがなかった。

　石炭入れに葉巻を、ペルシャ・スリッパにパイプたばこを入れ、返事の要る手紙はマントルピースの木わくにジャックナイフで突きさしておく（《マスグレーヴ家の儀式》、《空き家の冒険》、《マザリンの宝石》）、犯罪捜査の記念品がバター入れの中から出てくることがあるし、もっとひどいことには、腰かけたままでピストルを撃って、壁にヴィクトリア女王の

列車で調査に向かうワトスン（左）とホームズ。《白銀号事件》より。シドニー・パジット画。

化学実験に没頭するホームズ（手前）を見守るワトスン。化学実験は当時最先端の技術。《海軍条約文書事件》より。シドニー・パジット画。

サインである「VR」という字の形の穴をあけたりするのだ（《マスグレーヴ家の儀式》）。

マントルピースの上には、パイプ、たばこ入れ、皮下注射器、羽ペンを削るナイフ、ピストルの薬《やっ》莢《きょう》、そのほかのガラクタがいっぱい散らかっている（《瀕死の探偵》）。

室内には、また犯罪の証拠品やスクラップブック、化学薬品がたくさんころがっており、事件記録が部屋の四隅にうずたかく積み上げられていた（《マスグレーヴ家の儀式》）。

ホームズは、これらの見慣れた品がごたごたと散らばっていないと、落ちつかなくて機嫌が悪くなる（《三人の学生》）のだった。

こんな部屋へ、奇妙な客が夜昼かまわず訪問してくるし、人々が寝静まったころ、ホームズは、突然ヴァイオリンを弾き始めたり、ひどい悪臭を放つ化学実験を夜ふけまで続ける（《四つのサイン》）。つまり、ホームズはとんでもない下宿人だった（《瀕死の探偵》）のである。それにもかかわらず、家主のハドスン夫人が我慢していたのは、彼の人柄に惹かれたためもあるかもしれないが、一つには支払いがよかったせいでもあろう。

ホームズの下宿料の払い方は鷹揚《おうよう》なもので、何年ぶんかの部屋代は、家を一軒買えるほどの額になったといわれる（《瀕死の探偵》）。

知識を得るためには努力を

ところで、ホームズが探偵になろうと考えたのは、一八七四年、はじめて手がけた事件、《グロリア・スコット号》のときに、友人トレヴァーの父親にその推理力を高く評価されて、それを生かす仕事に就くことをすすめられたからであった。ホームズ、二〇歳のときである（《グロリア・スコット号》）。

理想的な探偵というのは、観察力・推理力・知識の三つを兼ね備えていなければならないが（《四つのサイン》）、ホームズはこの三つのほかに一種の直観力をもっていた。彼は、他人の顔の筋肉のちょっとした動きとか、視線の動きといった瞬間的表情を捉えて、心の奥底まで見ぬくことができるのだ（《緋色の習作》）。

知識を貯えることに関しては、ホームズはたいへんな努力家であった。

彼は、ある種の研究に対して異常なほどの情熱をもっていて、それを勉強するときの根気はすさまじかった（《緋色の習作》）。かたよってはいるがひどく物知りであって（《緋色の習作》）、解剖学や化学に詳しいし、植物学、地質学、英国の法律などについては専門の教授も驚くぐらいの卓越した知識をもっている（《緋色の習作》）。

さらに古文書学（《金縁の鼻めがね》）や言語学にも関心をもち、一八九七年、《悪魔の足》事件を追ってイングランド最南西部のコーンワルに行ったときは、昔フェニキアの錫貿易業者によって伝えられたらしい古代コーンワル語を研究したのだった。

本業の犯罪研究についていえば、ホームズは、ロンドン警視庁（スコットランド・ヤード）のマクドナルド警部に対して、三カ月の間、毎日一〜二時間、家にとじこもって犯罪記録を読んでおくことを勧めたことがあった（《恐怖の谷》）。

犯罪というものはきわめてよく似る性質をもっているので、一〇〇〇の犯罪さえ詳しく知っていれば、一〇〇一番目のものは苦もなく解決できるはずだ（《緋色の習作》）というのである。

じっさい、ホームズ自身は、ニューゲイト監獄の重罪犯人を網羅した『ロンドン監獄分類報』を全部暗記していた（《三人ガリデブ》）。一五〇年ほど前、犯罪者に知恵と組織を与えた見返りに一五パーセントのマージンをとっていた悪漢ジョナサン・ワイ

《踊る人形》に出てくる暗号。

ルド（一六八三〜一七二五）のことまで知っていて（《恐怖の谷》）、犯罪の知識にかけては、いわば生き字引だったのだ（《緋色の習作》）。

この裏には、長いあいだ、さまざまな人物とことがらに関するメモを整理して索引をつけた（《ボヘミアの醜聞》）何冊ものスクラップブックをつくる苦心が払われていたのである。

このほか、ホームズは、暗号に精通しており、その知識は、《恐怖の谷》や《踊る人形》事件で威力を発揮したのだった。一六〇種の暗号を分析して論文を書いた（《踊る人形》）こともある。

また、探偵ホームズは、驚くほど変装術に長けていた。顔つきばかりでなく声や目つきまで変えてしまうので、親友のワトスンや顔見知りの警部でさえも、ホームズだということを見破れない。たとえば、馬扱い人（《ボヘミアの醜聞》）、牧師（《ボヘミアの醜聞》、《最後の事件》）、アヘン窟の老人（《唇の捩れた男》）、水夫（《四つのサイン》）、ホームレス（《緑柱石の宝冠》）、古本屋（《空き家の冒険》）、船長（《黒ピーター》）、鉛管工（《犯人は二人》）、老婆（《マザリンの宝石》）、老バクチ打ち（《マザリンの宝石》）などへの徹底したみごとな変貌ぶりが知られている。

思考の正確さと集中力

さて、ひとたび捜査の仕事が始まると、ホームズの神経は鋭くとぎすまされ、顔はひきしまり、眉は固く引き寄せられて、目は輝きを帯び（《悪魔の足》）、唇をきっと結んで（《唇の捩れた男》）、ほとんど口をきかない。全身が熱気のかたまりのようになる。窓から身をのり出して外を見まわし、何か見つけると嬉しそうな叫び声をあげる。階段をかけおり、芝生にうつ伏せになって足跡を探し、ランプの油を計ったり、ホヤの上部の灰らしいものをルーペで調べ、削りおとして封筒に収めたりする。それは、まるで獲物を探している猟犬そっくりだった（《悪魔の足》）。頭のなかは問題に集中しているので、何を尋ねられてもまったく上の空である。

ホームズが、一つところを見つめているときは、ひたすら考えているのだ（《四つのサイン》）。そういうときには、ひじかけ椅子にとぐろを巻いたように座って、ひざを立てて（《這う男》）、太くて黒い眉をひそめ（《フラーンシス・カーファックスの失踪》）額にしわを寄せ（《ウィステリア荘》）、鋭く緊張した青白い顔をして（《ギリシャ語通訳》）、細長い指先でひじかけをコツコツと叩きながら（《フラーンシス・カーファックスの失踪》）、黒くなった陶製のパイプから煙をもうもうとたなびかせていた（《バスカヴィル家の犬》）。

一九世紀中ごろの英国の作家サッカレーが言うように、「パイプは哲学者の唇より英知をひき出す」のだろう。ホームズは、パイプを口にして、何ものかに心を奪われたように（《トール橋》）目は遠くをみつめ、謎の解き方について、ありとあらゆる可能性を検討しているのだ。

手をうしろに組んで（《ボヘミアの醜聞》）家の中をせかせかと歩きまわり一睡もしない（《フラーンシス・カーファァックスの失踪》）こともある。両手をズボンのポケットに深くいれ、顎を胸につけ、暖炉のそばにじっと立って赤い残り火を見つめる（《犯人は二人》）のも、彼が考えるときのポーズだ。いずれにしても絶対に口をきかず、人が訪れても、三〇分も放っておいてこんな姿勢で考えこんでいる（《這う男》）。問題が解決されないと、幾日でも休まずに、くり返しくり返し考え、あらゆる方向から考察して、遂に真相をつきとめてしまうか、あるいは材料が不足だという結論にいたるか、それまでは考えることを決して止めないのだ（《唇の捩れた男》）。

不確実なことは、絶対に口にしなかったし（《恐怖の谷》）、思考の正確さと集中を何より大切にしていたので、いま取り組んでいる問題から注意をそらされると必ず腹をたてた（《孤独な自転車乗り》）。そして、「精神を集中するコツは、済んだことを忘れることだ」（《バスカヴィル家の犬》）と述べていることからもわかるように、彼は思考内容を転換する独特の能力をもっていた（《ブルース－パーティントン設計図》）。化学実験をしたりヴァイオリンを弾いたりして（《ノーウッドの建築士》）気分を変えるのが、最良の休息法だと知っており、これによって新たに注意を集中する活力を得るのであった。

冷静に推理し、巧みな罠を仕かけ、何が起きるかを予測し、思い切った仮説をたてて、それがみごとに証明されること……。これこそがホームズの生きがいだったのだ（《恐怖の谷》）。

しかし、いくらホームズでも失敗することもあり、長い仕事のなかで、はっきりわかっているだけでも四回、男を相手に三回、女で一回しくじっている（《オレンジの種五つ》）。この女性を相手にして敗れたのは、一八八七年の事件とされる、《ボヘミアの醜聞》のときで、女性の名は、「ホームズ物語」を彩るヒロイン、アイリーン・アドラーである。

仕事が報酬

ところで、仕事の報酬はどうなっていたのだろうか。これについてホームズは、一定の規準を設けていて（《トール橋》）、相手が金持ちであっても高額の請求をすることはなかった。彼の場合は、報酬目当てに働くのではなくて（《まだらの紐》）、仕事への情熱から引き受けるのであり、おもしろそうでない事件であればきっぱり断わってしまう（《まだらの紐》）。世間には金さえ出せば何とかなると思っている金持ちがいるが

〈《トール橋》）、そのような態度を彼はもっとも嫌っており、事件が彼の心を動かすようなものでないときには、どんな有力者や金持ちが依頼してきてもあっさりはねつけてしまった。しかし、彼の精神力に挑戦するような事件ならば、金、地位のない依頼人であっても引き受け、幾週間も全力をそそぐのだった（《黒ピータ》）。要するに、ホームズにとっては依頼者の資力などは問題ではなかったのだ（《ショスコム荘》）。

自分独自の力によって事件を解決していく愉快な手応えそのものが、彼にはこの上ない報酬だった。他の偉大な芸術家と同じように、〈芸術のための芸術〉が、彼の犯罪捜査のよりどころだったのだ。

ホームズ著の研究論文

ホームズの引退は、一九〇三（明治三六）年である。二十六年間つづけた探偵業をやめて、イングランド南部、サセックス州の南斜面の丘陵地帯にある小さな農場にとじこもって、読書と養蜂に専念することになった。彼にとって、名声はうとましいものにすぎなかったのであろう。このときの研究の成果が、『実用養蜂便覧――女王蜂の分封に関する諸観察』という著作として結実した（《最後の挨拶》）。

ホームズの生涯を概観したところで、彼が著した研究論文についてふれておこう。

一四〇種の葉巻と紙巻、パイプたばこの外観を述べ、その灰の区別を色刷りで解説した「各種たばこの灰の鑑別について」(《四つのサイン》)、「石膏による足跡の保存」(《四つのサイン》)、「職業が手の形におよぼす影響の研究」(《四つのサイン》)、「人間の耳」(《ボール箱》)、「ラッススの多声音楽的声楽曲」(《ブルース－パーティントン設計図》)などのほか、英国の初期特許状(《三人の学生》)やコーンワル語(《悪魔の足》)についての研究もあった。これらの一部については後章で述べてみたい。

新聞を活用したホームズ

「ホームズ物語」六〇編中、実に四七編に、新聞が小道具として使われている。ホームズ自身も「あらゆる新聞の新しい版が出るたびに、配達所から届く」(《白銀号事件》)のを読み、新聞を活用していた。もっとも、ホームズは各新聞を隅から隅まで読むのではなく、事件の参考になりそうな記事だけを探して切り抜き、自分用の索引帳(クロスインデックス)に貼りつけていた。

一八七〇年に英国に初等教育法が制定され、一般大衆も新聞や雑誌を読めるようになった。

また、それまで新聞普及のさまたげとなっていた「新聞印紙税法」が一八五五年に全廃されたこととあいまって、新聞は急速に大衆の間に広まった。

一八五一年に英国全体でわずか五三〇紙だった新聞は、一八六七年には一二九四紙、一八九五年には二三〇〇紙以上も発行されるという急増ぶりだった。

数多くの新聞が発刊されるようになれば競争が激しくなるのも当然のなりゆきである。

一八八八年に起きた「切り裂きジャック」事件の容疑者として、無実のポーランド移民の名を書きたてたスター紙は、この記事のおかげで発行部数を一〇万部から一挙に二五万部に伸ばした。

ホームズはあらゆる新聞を毎日取って、切り抜きが終わるまで整理できなかったので、ハドスン夫人の物置部屋の一つを使って新聞を保管していた《六つのナポレオン》。とはいえ、ホームズたちの居間は新聞の山だらけとなっていたに違いない。

2 ホームズの心のゆらめき

あらゆる点で二面性

躁《そう》と鬱《うつ》という両極への揺れ、きちょうめんさとだらしなさ、正義感と反社会的行動、冷たさと温情、博識と無知、一見きゃしゃな身体つきと腕力の強さ、細心さと粗忽さ――ホームズの人間像の特徴は、あらゆる点にわたる二面性だといえよう。終始一貫して変わらないのは、理性に優れ、断固とした行動力と勇気をもっている、ということぐらいではなかろうか。

彼の趣味は多方面にわたっているが、その一つに化学、とくに有機化学の実験があった。生涯の友、ワトスン医師にはじめて出会ったのはセント・バーソロミュー病院の化学実験室であり、ベイカー街にある自室の一隅には化学薬品の瓶やフラスコが林立していて（《マスグレーヴ家の儀式》）、塩酸の臭い（《花婿失踪事件》、《四つのサイン》）をただよわせながら一晩中（《ぶな屋敷》）試験管をふっているようなことも稀ではなかった（《緋色の習作》、《入院患者》、《四つのサイン》、《海軍条約文書事件》、《最後の事件》、《踊る人形》）。彼にとって、化学実験は心を落ちつかせる手段でもあったようだ（《四つのサイン》）。

音楽、美術、文芸、嗜好品などに関しては後述するとして、探偵ホームズを彷彿とさせるのは、趣味として、ロンドンの街並みについて正確な知識を得ようと努めていたことだろう（《赤毛組合》）。裏まちの名もないような路地裏にいたるまで、彼の頭のなかには詳しい道路地図が刻みこまれていることは、種々の事件（《四つのサイン》、《空き家の冒険》）で明らかになる。

グラナダTVシリーズのライヘンバッハ滝決闘シーンに使ったギースバッハ滝がある島のホテルのメニュー（1987年のホームズ巡礼ツアー用に作られたもの）。

またホームズは、他

人を驚かすのが、ことのほか好きだったようだ。スイスのライヘンバッハの滝で死んだとばかり思わせておいて、ワトスンの前へ、突然、古本屋に変装して現れたり（《空き家の冒険》）、身分を隠して仕事を依頼しに来たボヘミア国王に対しては、「陛下がお話しくださるならば協力できるかと存じます」と、いきなり相手の身分を言い当てて、胆を冷やさせたりする（《ボヘミアの醜聞》）。チキンのカレー料理が入っているようにみえる蓋付き皿の中に、紛失した海軍条約の文書を入れておき、盗難事件で真っ青になっている青年外交官フェルプスの食卓に供したこともあった（《海軍条約文書事件》）。

最大の被害者はワトスン？

このホームズの性癖の最大の被害者はワトスンであり、しばしば、からかわれたりびっくりさせられたりした。いくつかの事件では、変装したホームズにすっかりだまされてしまっている（《唇の捩れた男》、《四つのサイン》、《最後の事件》）。

宮廷の高官カントルミア卿のオーヴァーのポケットに、本人の気づかないうちに盗まれたダイヤモンドを投げ入れ、「あなたを盗品所持の罪によって逮捕します」とホームズが驚かした（《マザリンの宝石》）のは、痛快であった。ワトスンもはじめて公刊した本のなかで、「ホームズの文学・哲学・政治に関する知識はゼロだ」とうっかり書いてしまった（《緋色の習作》）のだが、これも、ホームズが著名な英国の評論家トーマス・カーライルの名前さえ知らないようなふりをしてだましたからであった。

地動説を知らないようにみせかけたこともあったが（《緋色の習作》）、あとになって黄道の傾斜度変化の原因を論じたとき（《ギリシャ語通訳》）に、ホームズが天文学についてもなみなみならぬ造詣の持ち主であることが明らかになる。

正義と勇気の人

また、ホームズは皮肉屋でもあったから、自分が事件をうまく解決したあとで見当はずれに警察をほめたたえる声が人々からわき上がったとき、それをにやにやしながら聞いているぐらい楽しいことはなかったのである（《悪魔の足》）。

ホームズは、性格が特異なばかりでなく、思想面でも人並みはずれた考えを抱いていたようである。「愚かな君主や、悪い政治ばかり行なっている大臣から解放されて、いつかは世界的な一大国家の市民になる日がくるでしょう」（《花嫁失踪事件》）と発言したのは、当時としては超先駆的な意見であり、また日ごろから、「自分の行動は、法的にみると犯罪かもしれないが、道徳的には正しいのだ」（《犯人は二人》）という固い執念を抱いていたのだった。

《ギリシャ語通訳》、《ぶな屋敷》、《空き家の冒険》、《ブルース－パーティントン設計図》、《隠居絵具屋》、《犯人は二人》、《ショスコム荘》、《フラーンシス・カーファックスの失踪》、《赤い輪》などの事件で、ホームズがおかした家宅侵入は、その正義感からであった。

ホームズは、自ら、「自分の良心を沈黙させるよりは、イギリスの法律に目をつぶるほうがましだ」(《アビ農園》)と、言っているのだ。

ここで、ホームズの勇気についても書きおとすわけにはいくまい。チーターやヒヒが放し飼いになっている庭に暗くなってから忍びこみ、毒蛇の出現を闇のなかで待ったことがあり(《まだらの紐》)、脱獄者がうろついている山の上の寂しい石室に一人寝泊りして捜査をしたり(《バスカヴィル家の犬》)、毒薬の被験者をかって出たり(《悪魔の足》)、地下の墓穴に深夜降りて行ったり(《ショスコム荘》)、また恐喝王ミルヴァートン邸に、夜、潜入して殺人を目撃した(《犯人は二人》)こともある。

「お前を消してしまうぞ」と脅迫され(《高名な依頼人》)、一度ならず悪漢におどされたこともあった(《三破風館》、《マザリンの宝石》)。こんな場合のホームズの応対ぶりは、胆がすわっていて、みるからに豪快である。

お世辞に弱く、自尊心は高い

ところが、こんなに勇敢なホームズも、お世辞にはからきし弱い(《赤い輪》)。「君は探偵術をほんものの科学の域にまで高めたのだね」とワトスンに言われれば頬を赤くして喜び（《緋色の習作》）、ロンドン警視庁随一の警部レストレイドに、「警視庁はあなたがおられることをむしろ誇りとしております。もし警視庁へ来られれば、感謝とほめたたえる気持ちから握手をあなたに求めない者はいないでしょう」と言われて、すぐほろりとしてしまうのだ（《六つのナポレオン》）。

また、ワトスンが、「君は英国人に大きな貢献をしたね」と声をかけると、「そう、ほんのわずかばかり役にたっているかもしれないね」（《赤毛組合》）などとすぐその気になってしまうのだった。

このようにお人好しの一面があるかと思うと、反面では自尊心が高くて、すこぶる鼻っ柱の強いところがあったようだ。「エドガー・アラン・ポオが書いたデュパン探偵は、あさはかな見栄っ張りだし、ガボリオウの描いたルコック探偵も不器用で、解決に六カ月もかかっている。ぼくなら二四時間で片づけてみせるよ」と豪語し（《緋色の習作》）、また、「ぼくは有名になるのが当然なだけの頭脳をもっている。ぼくほど探偵術についての研究をつみ重ね、ぼくほどの才能をもつ者は、ほかには誰もいないだろう」（《緋色の習作》）とうそぶいたりもするのだ。

こんな誇り高いホームズのことだから、してやられると、ただではすまない。調査の依頼者J・オウプンショウ青年がテムズ河にかかるウォータールー橋付近で殺されてしまったときに、ホームズはこう言うのだ。「ぼくは誇りを失わされたよ。むろん、つまらない感情かもしれないが、自尊心が傷ついてしまったよ。もうこうなったら、ぼくにとっては、たんなる他人の事件じゃなくて、ぼく自身の問題だ。命さえあれば必ずこのギャングを捕まえてみせる」（《オレンジの種五つ》）。

また、は、「手おくれにでもなったら、ぼくは自分を許せないよ、絶対に」と叫んだのづいた瞬間だ。一九〇二年に《フラーンシス・カーファックスの失踪》事件で、自分の失敗に気づいた瞬間だ。

ロンドン警視庁でも、ホームズのこの気性（《サセックスの吸血鬼》）は有名だったらしく、あるときレストレイドに、「ホームズさんときたら、私たちよりずっと負け嫌いですからね」（《ノーウッドの建築士》）と厭味《いやみ》を言われたことがある。

失敗しても反省できる人

しかし、ホームズはいつも傲慢であったというわけではない。少々自信が強すぎるきらいはあるが、失敗すれば反省するのにやぶさかではなかったのだ。ロンドン近郊のノーベリで起きた事件で失策を犯したとき、ワトスンに向かってこう頼んでいるではないか。「ぼくが自分の力を信じすぎたり、事件を甘くみたりしたら、ぼくの耳もとで『ノーベリ』と一言ささやいてくれたまえ」（《黄色い顔》）。

また別の事件でも、「本当のことを知る手がかりは十分だったのに、もっと早くそれに気づかなかったとは、じつに頼りない話だ」（《トール橋》）といい、「自分は愚かだった」と後悔することもしばしばであった（《ブルース－パーティントン設計図》、《アビ農園》、《トール橋》、《フラーンシス・カーファックスの失踪》、《這う男》）。

ホームズにとっては、「誰だって失敗するけれども、それを認めて、二度と誤りをくり返さないようにと反省できる人がえらい」（《フラーンシス・カーファックスの失踪》）のである。

名声より事件の解決

ここで事件解決にあたり、ホームズが名声というものをどのように考えていたのかを調べてみよう。ホームズが、一八八九年の《海軍条約文書事件》までに解決した二三件のうち、彼の名が公になったのはわずか四件だけで、そのほかは警察の手柄ということになっている（《海軍条約文書事件》）。これは、ホームズがわざと自分の名を伏せて、警部の名が表立つようにしむけたせいであろう。

しかし、少なくとも初期のうちは、功名心がないというよりもむしろあきらめの気持ちが強かったようだ。一八八一年、三番目の事件《緋色の習作》が解決したときに、彼はこう言っているではないか。「だからぼくは初めから言っているのだ。ぼくたちが犯罪研究をしても、ただ警部たちに記念品をもらわせてやることになるだけさ」。

ところが、そのうちに、これもならい性となったのか、やがて心底から名前が出るのを嫌うように変わっていく（《黄色い顔》、《ボール箱》、《悪魔の足》）。人々からの拍手喝采や賞賛は、ホームズにとって厭でたまらないのであった。

一八九五年、《ノーウッドの建築士》事件では、「名前を出さなくてもいいのですか」ときかれて、「いいですとも、仕事自体が報酬です」と答えているし、一九〇〇年、《トール橋》事件のときには、「ぼくはどちらかといえば名前を出さずに仕事をしたいのです。ぼくの興味は名声よりもむしろ事件の解決そのものにあるのです」と述べている。

ところで、ホームズは、あるとき、ワトスンに電報を打って、「コーンワルの戦慄をなぜ発表しないのか」と催促したこともあったが、これは自分の名前を出そうというよりは、このときの《悪魔の足》事件自体が非常に興味深いものだったからである。こんなホームズであったからこそ、爵位も辞退した（《三人ガリデブ》）のであろう。

ホームズは、したがって金銭的にもまれにみるほど淡白であった。前述のように自分の力で事件を解決していく仕事のおもしろさ、愉快さが報酬だと考えていた（《四つのサイン》）のだから、六〇万フランもの大金を強盗から守ってやったときでさえ、「事件のために使った実費だけ払って下さればそれで充分です」（《赤毛組合》）と無欲そのものであったし、ボヘミア国王が仕事の報酬としてエメラルドの指輪を贈ろうとしたところが、それを断わって、代わりに事件のヒロイン、アイリーン・アドラーの写真一葉だけを求めた（《ボヘミアの醜聞》）。

　ホームズが、賞金一万二〇〇〇ポンドもの小切手を英国の有名な貴族ホウルダネス公爵に書かせた（《プライオリ学校》）のは、こらしめの意味が含まれていたからであって、このほかには多額の報酬を要求したことはなかった（《黒ピータ》）。

　ホームズの特筆すべき性格として、ほかには、その公平さ、偏見のなさがあげられるだろう。

　これもさきにふれたのだが、「依頼人の身分の上下など、事件のおもしろみにくらべれば問題じゃないのだよ」（《花嫁失踪事件》）という言葉からわかるように、社会的地位や貧富、人種（《白銀号事件》、《プライオリ学校》）に対して偏見を抱いたことは一度もなかった。先入観をもってはならぬ（《ライゲイトの大地主》）と言い、フェアプレイを重んじた（《恐怖の谷》）。そして自分の捜査方法を隠さず（《ライゲイトの大地主》）、警察のために証拠品を半分残しておいたり（《悪魔の足》）、「そんな見当違いの捜査はやめた方がいいですよ」と助言さえしている。約束は必ず守り（《恐怖の谷》）、信頼を裏切ったことは絶対になかった（《覆面の下宿人》）。

ワトスンとの厚い友情

　ホームズは、たしかに理知的で冷静な人間であるが、その鋭い理性の奥底に流れるあたたかい気持ちに魅せられる人も少なくない。こうしたホームズの片鱗をワトスンとの交友のなかにかいま見てみよう。

　一八九七年、西アフリカの有毒植物の根ラディックス・ペディス・ディアボリを燃した毒ガスが、はたして殺人ガスであるかどうかを確かめようとして、ワトスンはホームズとともに危く命を落としかけたことがあった。ホームズはあわてて一心にこうあやまるのだ。

「自分一人で行なったとしても感心できない実験なのに、君までまきぞえにしたりして、本当にすまなかった」（《悪魔の足》）。

　さらに別の事件では、にせ札を床から取り出そうとした殺し屋エヴァンズが、捕えられるまぎわにワトスンをピストルで撃ったときだ（《三人ガリデブ》）。ワトスンが倒れるや、ホームズはかけよって、涙をうかべ、唇を震わせながら、「まさかワトスン、撃たれたのじゃないだろうね。たのむから、はずれたと言ってくれ」と呼びかけたのだった。幸いにもこれはかすり傷だったが、ホームズは激昂して、「もしワトスンを殺したのだったら、お前だって生きてはいられなかったぞ」とエヴァンズをどなりつけている。

ワトスンが疲れていれば、ヴァイオリンを弾いて眠りにつかせる（《四つのサイン》）思いやりもあった。ワトスン自身も、「客観的にみて彼は親切な男だった」（《赤い輪》）と書いているとおりだったのだ。

追いつめられた犯人たちを見逃してやったことも多い。たとえば、《青いガーネット》事件の宝石泥棒ライダー、《ボスコム谷の惨劇》の老人ターナー、《アビ農園》の犯人クロウカ船長、《悪魔の足》のスターンデイル博士たちは、いずれもホームズのあたたかい愛情によって逮捕を免れたのである。

クールな女性観

この辺で目を転じて、少々気むずかしいホームズの女性観について考えてみよう。

「女性のことは君に任せるよ」（《第二の汚点》）と、ホームズがワトスンに言っているのをみてもわかるように、彼は、わざと女性から遠ざかっているところがあるようにみえる。女性についてたまに話題にするかと思えば、冷やかしたりけなしたりするのである。それも女性への関心が強いことの裏返しの表現とみられないこともないのだが、恋愛ともなれば、これは、彼の冷静な推理機械、デリケートでとぎすまされた頭脳構造を攪乱してしまうものだと敬遠している（《ボヘミアの醜聞》、《四つのサイン》）。

「浜辺の装い」1884年。文化学園図書館所蔵。文化学園作製のポストカード。

他人の恋愛に対しても同様で、「恋愛感情にたいしては、私は何も申しません」（《トール橋》）と述べたり、「恋愛は感情的なものだから、ぼくの尊重する理性とは両立しない」（《四つのサイン》）と断定して、恋愛に陥ることを意識的に避けているふしがみられる。

けれども、ホームズは、決して〈もてない男〉ではない。悪漢ミルヴァートンの邸のメイド、アガサを簡単にくどきおとしたり（《犯人は二人》）、虚無主義者《アナーキスト》コーラム教授の年配の家政婦、マーカー夫人と一瞬で仲好しにもなった（《金縁の鼻めがね》）。女性を惹きつける力がホームズに欠けていたはずはないのである。ただ、当人が、「私はつねに理性で感情を支配しているから、女性に心をひかれることはほとんどない」（《ライオンのたてがみ》）ときめこんでいるにすぎないのだ。

あれは、一八八八年、《四つのサイン》事件のときだった。ワトスンが事件のヒロイン、メアリ・モースタン嬢について、「なんてチャーミングな女性だろう」と感嘆したのに対し、「そうだったかね、ぼくは気づかなかったけど」ととぼけて、「君は石部金吉で、まるで思考機械だ。人間ばなれしてるよ」とあきれられたものだ。そして、ワトスンとモースタン嬢は、この事件の後に結婚するのだが、その報告に対してもホームズは、「おめでとうとは言わないよ」と、きわめて冷淡である。

しかし、これらには、ホームズが無理に本心を抑えているふしもあり、一種のてれかくしか、嫉妬でこんなふうに言ったのであろう。《四つのサイン》事件の最中に、モースタン嬢を事件現場のポンディチェリ荘から彼女の下宿先までワトスンがエスコートしていくようにしむけて、ホームズがわざわざ二人にチャンスを与えたことも事実なのだ。

心の底には女性不信

ところで、こんな冷淡にみえるホームズも、女性から必死に助けを求められれば、「自分の身の危険なんて考えてはいられないよ」（《犯人は二人》）と危地にとびこんでいく。けれども、これはむしろヴィクトリア朝の紳士道、騎士道の精神によるものとみたほうがよさそうだ。ホームズは、どんなときにも女性に対しては、ことのほかやさしくて礼儀正しかった（《瀕死の探偵》）。

たとえば、若くて美しく優雅で威厳のあるヴァイオレット・スミス嬢が事件を依頼しにきたとき、ホームズは、ほかの仕事で手一杯だったが、断わることができずに事件をつい引き受けてしまったし（《孤独な自転車乗り》）、《まだらの紐》事件の依頼人ヘレン・ストーナ嬢が朝七時に訪れたときにも、当時朝の遅いホームズが、厭な顔もしないで起きていった。

ホームズは、女性の直覚については高く評価していた（《ライオンのたてがみ》）ものの、「女の心は男にはわからぬ謎だ」（《高名な依頼人》）とか、「女の考えだけはみとおすことができない」（《第二の汚点》）、「女の愛情は、他の人との恋愛によってくつがえることがある」（《緑柱石の宝冠》）などと言って、心の底には女性不信があるし、女性を心から讃美できなかった（《恐怖の谷》）。

そのため、《ぶな屋敷》事件のヒロイン、ヴァイオレット・ハンタ嬢が、生き生きした利口そうな女性で、ホームズも好感を抱いていたらしいのに、事件が終わると、とたんに何の関心も寄せなくなったり、《ライオンのたてがみ》事件でめぐり逢ったモード・ベラミーのようなしっかりした明朗な美人についても、「もっとも完全なすばらしい女性として忘れられないだろう」と書き残すだけにとどめてしまうのである。

ただ一人だけ、ホームズが心を寄せていた女性が確かめられている。彼女の名は、アイリーン・アドラー。《ボヘミアの醜聞》事件のヒロインで、名高いオペラ歌手であった。しかし、この場合も、アイリーンの才気にむしろ感服したためらしく、ふつうの恋愛感情とは、趣きが少し違っているように思われる。

しかし、ホームズも人の子で、いったん恋のとりこになればどんなこともしかねない情熱を心の奥底に秘めていた（《悪魔の足》）のではないだろうか。

母の名はヴァイオレット？

ところで、ヴァイオレットという名の女性が二人、登場している《ぶな屋敷》、《孤独な自転車乗り》ことにお気づきだろうか。他にも、《高名な依頼人》事件にも同名の女性が登場し、いずれもホームズが必要以上に親切を示しているところから、ホームズの母親の名はヴァイオレットに違いなく、この母に溺愛されたためにいつまでも乳離れできず、ホームズは結婚する気にならないのだという説もある。

さらに、《ぶな屋敷》事件のとき、ホームズが、「ぼくは自分の経験から断言できるのだが、一見美しくて平和に見える田園には、ロンドンのひどい裏まち以上にかくれた不道徳なことが秘められている」と述べているところをみると、彼が地方で暮らしていた幼いころ、母親が恋愛問題かあるいは何らかの事件にまきこまれて家庭が崩壊し、それ以来ホームズは女性を無意識のうちに恐れて近寄れなくなったのではないかとも考えられている。そう考えると、親友ワトスンに対してホームズが自分が幼かった頃や育った家庭について一言も話さない（《ギリシャ語通訳》）のも納得できるような気がするのだ。

躁から鬱へ、鬱から躁へ、ゆらめく心

ホームズの人柄の二面性についてはこの章の冒頭で指摘したが、女性以外のほとんどすべてにわたって、すこぶる好奇心に富んでいた（《マザリンの宝石》）ホームズの胸のなかには、活動的な流れと、反対の怠惰なものがからみあって常に同居していた（《四つのサイン》）のである。

調子がよいときは、馬車のなかでショパンのメロディーを口ずさんだり、おしゃべりに余念がない（《緋色の習作》）。ふだん、ホームズは無口なほうであるが、いったん興にのればうちとけてよく話すようになり（《三破風館》）、中世の奇蹟劇や陶器、ストラディヴァリのヴァイオリン（《白面の兵士》）、セイロン島の仏教、将来の軍艦（《四つのサイン》）の話から、黄道の傾斜度変化の原因、ゴルフ・クラブ、隔世遺伝、遺伝の特性（《ギリシャ語通訳》）、矢尻、土器の破片（《悪魔の足》）にいたるまで、次々ととめどもなく論じるのである。とりわけ、ホームズの知恵を試すような難事件がおこると、大いに喜び、たちまち活気にみちあふれるのだった。

ところが、逆に事件がないと、とたんに救いがたい怠け者となり（《緋色の習作》）、また、事件が解決したあとも、その反動のように無気力になって、ただ居間の長椅子

に寝ころんだままで幾日もすごし、たまにヴァイオリンを奏でたり、本を読むとか、食事のためテーブルに行くときに身体を動かすぐらいのものである（《マスグレーヴ家の儀式》、《緋色の習作》）。そういうときは、終日、口もきかず、例によって夢をみているようなぼんやりした眼つきをしているのだった。

こうしたところからだろうか、愚かにも、ホームズが躁鬱病（現在の診断名は双極性障害）にかかっていたのではないかと言う人もいるが、事件がおきるたびに鬱から躁へ変わる、そのように都合のいい病があるはずもない。ホームズの心のゆらめきは、当時ようやくはっきりと輪郭を現した近代社会の機構のなかに生きる人々の感情の起伏であり、時代のきわめて率直な反映にほかならない。

「この窓辺に来てみたまえ。これほどもの寂しい、くらくてつまらない景色が他にあるだろうか。黄色い霧があれほどにたちこめて、うす暗い家も街路もとじこめてしまっている。おそろしく殺風景で、無粋な景色じゃないか。ねえ、君、力があっても、それを働かせる舞台がなくては、まったくどうにもならないよ。このごろは犯罪も平凡だし、ぼくたちの生活も平凡だ。まったくすべてが平凡で退屈ずくめだよ」（《四つのサイン》）。一八八八年にホームズはこのように述べている。彼の心は、世紀末特有の不安と倦怠、退廃と憂愁を敏感に映し出している鏡であったのだ。

無為な時をコカインで癒す

そしてホームズは、事件の推理に打ちこむことで、この生存の退屈さから逃れようともがいているのである（《赤毛組合》）。「どうも気持ちが沈んで困るよ。何か問題はないか。おもしろい仕事はないだろうか。解決不能の難問か暗号でもあれば、本来のぼくの気分になれるんだが」（《四つのサイン》）。

退屈すると、ホームズの心は、まるで空廻りをする機械のように壊れそうになるのである（《ウィステリア荘》）。無為の期間はホームズにとって非常に危険であった。しばしばコカインによる人為的な刺激に走る恐れがあり（《スリー・クォーターの失踪》）、仕事か、コカインかによって活発な状態にしておかないかぎり、ホームズにとって人生は、死のようにつまらない耐えられないものになってしまうのだ。

当時、コカインは、その興奮作用が発見されたばかりで、まだ麻薬とは考えられておらず、現在ならさしあたり滋養ドリンクの強壮薬ていどにみなされていたのだが、ホームズはこのコカインを一日に三度も射ったことがあった（《四つのサイン》）。

決闘後は性格変化

しかし、この習慣は、モリアーティとの決闘後のチベット旅行のあと、ピタリと止まってしまった。この旅行によって彼の性格が大きく変わったと言われている。それは東洋思想の影響があったのではないかと思われる。酒をのまなくなったり、殺生を嫌うようになった、などはその一端であろう。

ホームズの人生観は、総じてペシミスティックなものである。人生というのは哀れなつまらぬもの（《隠居絵具屋》）、平凡でありきたりのもの（《ウィステリア荘》）であって、手をのばして何かをつかんだと思ってもそれは影にすぎなかったり、貧困をつかんだりする（《隠居絵具屋》）。弱い者ほど運命にもてあそばれ（《ボスコム谷の惨劇》）、この世は苦難と暴行と不安の連続だ（《ボール箱》）と考えているのだ。しかし、忍従の生活はそれを見る者に勇気を与える（《覆面の下宿人》）だろうし、悪いことをすれば必ずその報いがくるという因果応報の考え（《緑柱石の宝冠》）ももっており、「人間が偉大なのは、自分が弱くてつまらぬ存在だということを知ることができるからだ」というドイツの小説家ジャン＝パウル（後出）の言葉をホームズは信じて

ホームズがチベットに潜入する物語を描いたパスティシュの邦訳表紙。

いたようである（《四つのサイン》）。

そして、嵐がすぎされば輝かしい太陽が顔を出す（《最後の挨拶》）だろうという明るい希望も晩年には抱くにいたった。人間というのはほんとうに不思議な謎だ（《四つのサイン》）、というのがホームズの抱いた人間観の要約であろうか。

結婚に縛られる女たち

ホームズの時代――それは何よりも家庭が大切にされる時代であった。ドイツからアルバート公を夫にむかえたヴィクトリア女王は、国民に対して自ら率先して手本を示し、資本主義社会の基盤となる家庭生活の重要性を教え込んでいった。もみの木に飾りをつけてクリスマスツリーをたて、家庭でクリスマスを祝う慣わしも、このアルバート公がドイツから持ち込んだのだそうだ。

また、女性にとっては財産のある男の妻となることが最大の幸せと考えられていた。万一結婚のチャンスがなければ、住み込み家庭教師（ガヴァネス）となる以外には、ほとんど自立の道も閉ざされていた。

中流階級以上の女性がプライドを失わず働く場は、このガヴァネスのほかには、最新機器をあやつるタイピストくらいなものであった（《花婿失踪事件》のメアリ・サザランド嬢、《バスカヴィル家の犬》のローラ・ライオンズ夫人はタイプの仕事で生計をたてていた）。

中流階級の娘たちを教育する寄宿学校では、いかにうまく男性に好まれる女性に育てあげるかが重要なポイントだった。まず体型を整えるためにと娘たちにコルセットをつけさせ、毎朝思いっきりコルセットの紐を締めあげ、ウエストサイズを小さくすることを教えていた。生徒もはじめは慣れないので苦しくて、目はまわる、頭痛や貧血は起こるなど、大変な騒ぎなのだが、二～三年もして卒業する頃には、その生活に慣れてしまったという。

スカートは、クリノリンと呼ばれる傘のようなペチコートで、すそを広げていた。ペチコートの針金が馬車の乗降の際にからんで転倒して怪我をする女性も後をたたなかった。

さらに、女のたしなみとしてピアノ、歌、ハープなどのレッスンを高い授業料を払って受けたり、上流階級のシンボルであるカタコトのフランス語会話の習得にも意欲的に取り組んだ。

このあたりの様子は、ジェーン・オースティンやブロンテ姉妹の小説などにもよく描かれている。ブロンテ姉妹も、生まれ育ったハワースに寄宿学校を開こうと計画したが、地理的条件が悪くて生徒が集まる見込みが立たず、計画倒れに終わってしまった。

　寄宿学校の様子は『小公女』などでもよく知られているが、後にワトスン夫人となった、《四つのサイン》のメアリ・モースタン嬢も、父親が海外へ赴任したのちは寄宿学校に入れられていた。

　また、この時代は、一度結婚すれば夫の側にどんなに問題があっても、妻の側からの離婚の申し立ては一切認められないという、女性にとっては、まさに暗黒の時代でもあった。

コカイン

　ホームズ物語にはコカイン注射が登場するが、これは、まだコカインの薬理作用がよくわかっておらず、すばらしい強壮剤、興奮剤としてもてはやされていて、誰もがコカインを簡単に買うことができた時代の話である。現在では、コカインの恐ろしい依存性がよく知られるようになったので、世界中で麻薬として厳重に規制されている。

当時流行の飲料であったコカ・コーラも、初期にはコカの葉の成分を含んでいたので、その名がついたのであった。コカの葉から抽出されるコカインの薬理作用を最初に研究したのが、あの精神分析の創始者フロイトであったことはあまり知られていない。彼は一八八四年七月に研究結果を論文「コカについて」にまとめて発表し、コカインの精神興奮作用を初めて報告した。しかし、コカインの局所麻酔作用のことをほんのわずかしか述べなかったので、一カ月後に同僚のカール・コラーが麻酔作用を詳しく発表して、フロイトは麻酔作用発見者の名誉を奪われ、ほぞを噛まねばならなかった。

友人フライシュルは親指切断の後、傷の痛み止めに使ったモルヒネの味を覚えて以来、その依存症にかかっていた。八四年五月にその友人にコカインを試し、モルヒネに対抗する性質を持っているのをフロイトはつきとめ、「コカインを使えばモルヒネ依存症をなくすことができよう」と婚約者マルタに書き送っている。ところが、モルヒネ依存こそ消えたが、代わりに友人はコカイン依存に陥ってしまった。

情報化時代の現代とは違い、ホームズの時代には有害だという情報が英国にまったく届かなかったらしい。だからこそ、スティーヴンスンは平気でコカインを使ったのである。スティーヴンスン作の『ジーキル博士とハイド氏』は人格変化の物語であり、著者がコカインを飲んだあとにまるで別人の天才になったかのように執筆がはかどった自分の経験にもとづいて書かれた。まじめな学者ジーキル博士が変身薬を飲むと、冷酷なハイド氏に変身して犯罪を重ねるというすじだ。一八八五年一〇月に、普通ならば三週間かかる長さのこの原稿を、スティーヴンスンは実際にコカインを飲んで三日三晩で仕上げた。それを妻に読んでもらったところ、「人物がうまく書けていませんわね」と批判されたので、興奮していた彼は直ちにその原稿を暖炉に放り込んで燃してしまった。もう一度コカインを飲んで、次の三日間で書き直したのが現在流布している物語である。

ホームズがコカインを使ったのも、いわば流行の先端を行ったようなもので、コカインが強壮医薬品として売られていたことを思えば、むしろ自慢に値したのかもしれない。しかし、のちになって有害だという情報が届いたらしく、ホームズも一八九二年以後にはこの薬を使わなくなるのがおもしろい。

コカイン依存に陥ったホームズが、フロイトの治療を受けにウィーンへ出向くというパロディも書かれている（ニコラス・メイヤー著『シャーロック・ホームズの素敵な冒険』一九七四年原著発表）。

3 ホームズの食卓

ふだんの食事は質素

ホームズが卵を四個食べ、トーストを口いっぱいにほおばっていたのは、《恐怖の谷》事件のまっ最中であった。食欲が旺盛なのは捜査がうまくいっている証拠なのだ。一心に推理をしたり、精神的に緊張していると幾日も食べようとせず（《恐怖の谷》、《ノーウッドの建築士》、《マザリンの宝石》）、ときには、その鋼《はがね》のように強靭な身体を過信して、飢えに倒れてしまったことさえあった（《ノーウッドの建築士》）。

「消化作用なぞのために精力や神経を使ってはいられないのだ」とうそぶいて、親友ワトスンが、「どうして食べないのか」と訊ねても、「空腹のほうが頭の回転が高まるからだよ。血液が胃腸にまわってしまうと、その分だけ脳の血のめぐりが悪くなるからね」と応じるのだった（《マザリンの宝石》）。

ホームズの食事は質素である。「パンさえあればたいていの悲しみには耐えられる」と言ったのは、『ドン゠キホーテ』の作者セルバンテスだが、ホームズも、ダートムアの石室に潜んで捜索をつづけていたとき、「パンと、ワイシャツにつける新しいカラーさえ手に入れれば、他には何もいらない」と言ったことがある（《バスカヴィル家の犬》）。

捜査にうちこみ、食べるのも忘れ、夜、帰宅してパンと水だけですませたり（《オレンジの種五つ》）、サンドウィッチだけをむさぼるように食べたり（《第二の汚点》）、コーヒー一杯だけのんで、水筒をもち、サンドウィッチをポケットに入れて捜査に出かけたりするのだった（《海軍条約文書事件》）。このコーヒーは、ホームズの好物の一つで（《四つのサイン》、《緑柱石の宝冠》、《黒ピータ》）あり、英国人だから、もちろん紅茶も大好きで（《這う男》）、一日に大きなポットに二杯も飲むほどだった（《バスカヴィル家の犬》）。ただ、ホームズは、さきの石室に潜んでいた時を例にとれば、牛肉や桃のかんづめ、強い酒なども摂っており、適当に栄養は補っていたらしい。

事件が解決した時はちょっと贅沢に

ハドスン夫人の下宿では、朝食に、紅茶、コーヒー、チキンのカレー料理、ハムエグスが出たことがある。ホームズは、このとき、カレー料理の蓋を取りながら、「彼

料理の蓋をとると中から紛失したはずの文書が……。《海軍条約文書事件》より。p.76参照。シドニー・パジット画。

女の料理はさしてバラエティに富んでいるわけではないが、こと朝食にかけては、あのしまりやのスコットランド女性も顔まけの才能を発揮するよ」と、前夜の残り肉をカレーでごまかして客に供したのを評している。

英国の朝食の標準からみると、チキンのカレー料理だけが余分だが、このときはホームズが、《海軍条約文書事件》で徹夜で働いたあとだし、急な客もあったことでもあり、特別サーヴィスでついたのである。ほかの日の朝食では、パン以外にはベーコンと卵が出るだけだが（《技師の親指》）、ロンドンではこれがふつうのメニューである。

もっとも英国らしい〈フル・イングリッシュ〉の朝食は、紅茶、ポリッジ

〈オート・ミール〉、ベーコン・アンド・エグス、トーストにバターかオレンジ・マーマレードといったものである。

日ごろはこのように質素な食事で満足しているホームズだが、たまにはレストランへ出かけていくこともあった。

「マルツィーニ」で軽い夕食をとったのは、オペラ『ユグノー教徒』を聴きに行く途中だったし（《バスカヴィル家の犬》）、けばけばしいイタリア料理店「ゴルディーニ」で、キュラソー入りコーヒーをワトスンにおごったりしたことがある（《ブルース－パーティントン設計図》）。ただ、これらの名のレストランは、当時実在しなかったようで、店の詳細はわかっていない。キュラソーとはオレンジの皮で味をつけたリキュール酒のことで、ヴェネズエラ北西岸沖のオランダ領のキュラソー島の名をとった（オランダのボルス社の製品が普及していて、七〇〇ミリ入りが二〇〇〇円程で入手できる）。

ロースト・ビーフとヨークシャ・プディングがとびきりうまいので有名なレストラン「シンプスン・イン・ザ・ストランド」へは、ホームズは数回訪れている（《瀕死の探偵》、《高名な依頼人》）。ここのメイン・ダイニング・ルームはホームズの時代には〈女人禁制〉（現在は女性の入店も可能）という格式のやかましい店で、床に届きそうな長い白エプロンを胸から垂らしたウエイターがシェリーをついでくれる。

そして美食家

ところで、ふだんの簡素な食生活と、美食を好むということとは別であって、ホームズも本質的には食通《ガストロノミスト》だったのではないだろうか。というのは、スコットランド・ヤードのジョウンズ警部とワトスンを夕食に招待したときには、ホームズ自ら、カキとつがいのライチョウを三〇分かけて調理し、白ワインをごちそうしている（《四つのサイン》）。現在日本では天然記念物に指定されているライチョウだが、ホームズの食卓に上っている。また《花嫁失踪事件》の依頼人セント・サイモン卿と、アメリカ人のモウトン夫妻を招いて五人分の食卓を整えたときのメニューは、山シギの一つがい、キジ一羽、フォア・グラのパイ一皿、くもの巣がはっているほど古いワインが数本、という豪華な、あたためないですむ冷たい料

ホームズが好んで通った「シンプスン・イン・ザ・ストランド」。

理であった。

フォア・グラは、「肥った肝臓」という意味のフランス語で、ガチョウの肝臓料理である。ガチョウの肝臓は、運動させると大きくならないので、ガチョウの足を板の上に釘づけにしておいて、さらにストレスを感じないように両目をくりぬき、クルミの実をむやみに食べさせ、水を一滴も与えずに飼育すると、肝臓が一〇倍から一二倍に肥大するのだそうだ。フランスのストラスブールとトゥールズが本場で、パリでは、「トゥール・ダルジャン」のフォア・グラが美味だという。

現在では、むろんこんな残酷な飼育法を実施しているところはないのだろうが、塩味のトウモロコシを食べさせて肝臓を肥大させるというから、もし水を与えなければガチョウの口が渇く点では拷問に似ている。とにかく、ホームズが用意したフォア・グラも、舌がとろけるぐらいおいしかったにちがいない。

ワインはクラレット、モンラッシェ、トカイが好み

さて、ホームズは、ウイスキーやブランデーをいつもベイカー街の自室においていた（《ボヘミアの醜聞》）。コールド・ビーフでビールを一杯飲む（《ボヘミアの醜聞》）のも楽しみの一つだったようだ。しかし、ホームズがいちばん好んだ酒といえばワインである。

「酒こそ人間の性質をうつす鏡である」（アルケウス）と言われるが、ホームズのワイン好きは若いころから一貫しており（《グロリア・スコット号》、《這う男》）、なかでもクラレットが大好物だった。一八八七年の事件のとき、三日間絶食したあと、まず口にしたのはこのクラレットとビスケットであり（《瀕死の探偵》）、二年後の別の事件の折にもホームズは、昼食にこのクラレットを飲んでいる（《ボール箱》）。

クラレットは、一七世紀ごろからつくられたフランスのボルドー、ことにメドク産赤ワイン一般を指す、英国での呼び名だ。中世の赤ワインは濁ったものが多かったのに、それは澄んでいたから、「透明酒《ヴアン・クラレ》」を意味する愛称がつけられたのであろう。もともとはフランスで淡黄色か淡赤色のワインに対する呼び名だったが、英国に渡ってから言葉の意味が変わったのである。

クラレットの味は、ブルゴーニュ産のワインが男性的なのに対して、どちらかといえば女性的で複雑であり、優雅で繊細なデリカシーをもっている。新しいうちはタンニンが強いが、これが肉料理をやわらかにし、味をおいしくするという。一〇年から四〇年ぐらい寝かせておくとすばらしい深みを示すようになるそうだ。

ところで、『ガリヴァー旅行記』を著した英国の作家J・スウィフト（一六六七～一七四五）が、「クラレットよりもポルトガル産の白ワインのほうが好きだ――情ないことに下劣な食欲の持ち主なものだから」と書簡で述べているところをみると、一八世紀の英国では、まだクラレットはずいぶん珍重されていたらしい。後になって、その美味が紹介されたのだが、一九世紀末には、生産地フランスで一八七九年から一八九九年までフィロキセラ（ブドウネアブラムシ）がぶどうに壊滅的打撃を与えたため、一九〇〇年まで良いクラレットがつくられなかった。そしてホームズの英国においては、一八八〇年代にクラレットの名声は消え、食後に極上クラレットを飲む一八六〇年ごろからの習慣もなくなったという。フランク・ハリス著『わが生涯と恋愛』によると、男たちが、食後、いつまでもとぐろを巻いてクラレットを飲むのを婦人が嫌ったので、この習慣が消滅したのだということだ。

　ホームズが、一八八〇年代の末に、このクラレットを好んで飲んでいたというのは、彼の趣向と性癖をよく物語っている。

　ホームズの好んだワインに、もう一つモンラッシェがある。一八九六年、ホームズは、モンラッシェの白ワインと山シギの冷肉をワトスンと二人で腹に入れてから、事件のヒロインが住む下宿の女主人メリロウ夫人のところへ出かけたのだった（《覆面の下宿人》）。

　クラレットが王妃の味ならば、フランス、ブルゴーニュの酒はさしあたり国王の味だと言われており、フランスはブルゴーニュ北部、いわゆる〈黄金斜面〉のコート・ド・ニュイでは、ロマネ・コンティや、ナポレオン好みのシャンベルタンなど最高級赤ワインができるが、その南のコート・ド・ボーヌとなると辛口白ワインの逸品モンラッシェやコルトン・シャルマーニュなどができる。

モンラッシェは、ピュリニイ、シャサーニュ両村の境界でとれるぶどうからつくられ、壮大でさわやか、金属的で鋭く堅い味わいと微妙な風格をもって知られ、かなりの通人でないとその良さがわからないとされている。その優れた味わいは、ボルドーの追随を許さず、あまり冷やさないほうが美味で、鴨料理にうってつけだという。

ホームズにとっての最後の事件は、第一次世界大戦が始まった一九一四年の《最後の挨拶》であるが、この事件の折、ドイツのスパイ、フォン・ボルクに、「彼はワインの味をよく知っている男でね、ぼくのところにあるトカイが大好物なのだ」と評されたアルタモントとは、スパイとして活躍中のホームズで、ここに言うトカイがこれまた極上のワインなのだ。

トカイ・ワインは、ハンガリー北東部山地の火山灰地にあるトカイ村近辺で産する白ワインを指し、不老長寿の霊薬だと言われている。過熟させたフルミントぶどうを軽くしぼってつくる製法は、フランスのソーテルヌに似ており、過熟すると、強い太陽熱によってぶどうの水分が減って干しぶどうのようになる点に特色があるらしい。

トカイは高級なものから並べると、エッセンシア、サモロド、アウスブルフなどの種類に分かれる。最高級のエッセンシアは、極上のぶどうを樽に入れ、ぶどう自体の重みによってしみ出したぶどう汁を発酵させてできる重くて甘いワインで、数年経ってもまだ発酵は不完全だといわれ、アルコール分は七～九パーセントにすぎない。文学作品にもときどき顔を出し、フランスの文学者ヴォルテール（一六九四～一七七八）が、貴婦人ポムパドゥール（一七二一～一七六四）に宛てた手紙で、「トカイに比肩しうるのはフランス王だけだ」と書いたほどの芳香と風味、油状のやわらかさをもっており、その金色が美しいので、「黄金の水」という異名でよばれている。

次のサモロドは、干しぶどうと過熟ぶどうとを混ぜてしぼった汁からつくり、アルコールが一四パーセントほどにふえる代わりに糖分が少なくなる。

アウスブルフはもっとも一般的なトカイ・ワインであって、干しぶどうとふつうのぶどうとを混ぜてつくる。三～四年も発酵させるとアルコールが一二～一五パーセントになるが、糖分はさらに少なくなる。

ほかにマスラスというのはトカイ・ワインの雑種で、味もおちてくる。

いずれにしても、アルタモントこと、ホームズが好んだトカイ・ワインは、ふつう、庶民には手が届かないしろものだったのだ。前述のメアリ・モースタン嬢は、この上等なワイン酒を双子の兄弟の一人サディアス・ショルトーにすすめられたこともあった（《四つのサイン》）。

「強き酒を亡びんとする者に与え、ぶどう酒を心のいためる者に与えよ。かれ飲みてその貧しきを忘れ、またその悩みを思わざるべし」（旧約聖書、箴言36－6）――ホームズがぶどう酒《ワイン》によってしばし忘れようとした、胸中の苦しみは何であったのか。

愛用パイプは時に応じて

ホームズが推理を始めるとヘヴィ・スモーカーに変貌する（《ボヘミアの醜聞》、《唇の捩れた男》、《バスカヴィル家の犬》、《這う男》）のは、有名な事実であった。彼は、シャグという強いパイプたばこをペルシア・スリッパのつまさきや石炭入れのひき出しに入れて（《マスグレーヴ家の儀式》、《海軍条約文書事件》、《空き家の冒険》、《高名な依頼人》、《マザリンの宝石》）愛用していた。推理にうちこむと室内にたばこの煙がもうもうとたちこめ、一晩に一オンス（二八・三五グラム）をふかしてしまうのである。

琥珀の吸口（《プライオリ学校》）がついたブライヤーのパイプ（《唇の捩れた男》、《四つのサイン》）と、やにで黒くなった陶製《クレー》パイプ（《赤毛組合》、《青いガーネット》、《バスカヴィル家の犬》、《ぶな屋敷》）は思索用、桜のパイプ（《ぶな屋敷》）は議論用と、ホームズはパイプを使い分けていた。これらのパイプと一緒にして葉巻も石炭入れにしまってあったが、これは来客用であった。ボヘミア国王から贈られた金のかぎたばこ入れもものぱら外来者向けに置いてあったらしい。

ホームズの食卓の話も、どうやら最後はやはり推理をめぐる話題に落ちついたようである。

たばこ好きのホームズ

ホームズは、推理をめぐらす時には、ブライヤー・パイプに刻みたばこを詰め、火をつけて思索にふけるのが常で、《赤毛組合》の事件の謎を解く時にもパイプで三服している。

映画やコマーシャルに登場するホームズといえば、必ずディアストーカー（鹿狩り帽子）をかぶり、パイプをくわえている。

そのパイプも、大きく先の曲がったキャラバッシュ・パイプをくわえていることが多いが、この型のパイプはホームズの時代にはまだ存在せず、本当は、柄のまっすぐなパイプを愛用していたはず。

キャラバッシュ型のパイプは、ホームズ役者として名を馳せ、自らもホームズ劇の台本を書いたアメリカの名ホームズ役者、ウィリアム・ジレットが、舞台上の効果から考案したものであり、その後この型のパイプがホームズのトレードマークになってしまった。

近年、たばこの有害性が強く言われているが、ホームズの時代は、まだたばこが健康に悪いという説もコカインの毒性と同様で知られておらず、逆に頭がスッキリするなどとさえ考えられていた。

本当は、たばこが燃焼する時に出る一酸化炭素で空気中の酸素が減少し、頭の回転はにぶくなる。閉め切った寝室で一晩に一オンス（約二八グラム）のたばこを喫えば、室内はほぼ酸欠状態に近く、ホームズの頭さえも悪くなったに違いない。濃い煙でもうもうの部屋で一緒に暮らしたワトスンの健康にも、さぞ悪影響を与えたことだろう。

ところで、なぜホームズはあれほどにたばこ好きだったのだろうか。『ひとはなぜたばこを喫うか』（新曜社）によると、たばこ好きの性格特性は、①外向的、②神経症的傾向、③不安傾向——と述べられている。

「自己イメージ」を確立するための喫煙も行なわれているそうだ。ホームズも、パイプなしではサマにならないと思って、パイプを片時も離さなかったのかもしれない。

4 「カーライルとは何者かね」「……」

ホームズとワトスンの文学知識

ワトスンがホームズについて、文学の知識はゼロだが、大衆文学のほうならば博識だと、《緋色の習作》事件のときに記したのはとんでもない勘ちがいだった。〈文学の知識ゼロ〉とワトスンがうっかり判定したのは、前にも述べたように、ホームズが、このとき「トーマス・カーライルとは何者かね」と尋ねた(《緋色の習作》)ためだった。しかし、七年後に明らかになるように、じつは、ドイツの小説家ジャン＝パウル(本名ヨハン・パウル・フリードリヒ・リヒター。一七六三〜一八二五)がT・カーライル(一七九五〜一八八一)に影響を与えたことまでホームズは知っていた(《四つのサイン》)のであって、質問は人の好いワトスンを例によってからかったのであろう。《緋色の習作》事件のさなかにも、「天才とは限りもなく努力する人のことだ」というカーライルの言葉をホームズは引用している。

花形の批評家、歴史家であったT・カーライルについては、当時の英国で知らない人はいなかったであろう。また、たとえホームズが、それまで無知であったとしても、カーライルは一八八一年二月五日に亡くなっていて、職業柄、新聞を丹念に読むホームズが、この同じ年に起きた《緋色の習作》事件の際に彼について知らなかったはずはないのである。

一方、ワトスンは、どちらかといえばあまり本を読まないほうだった。黄表紙の通俗小説（《ボスコム谷の惨劇》、《曲がった男》）とか、フランスの作家アンリ・ムルジェ（一八二二〜一八六一）の『放浪生活』を拾い読みしたり（《緋色の習作》）、米国のウィリアム・クラーク・ラッセル（一八四四〜一九一一）が著した海洋小説に夢中になったりする（《オレンジの種五つ》）ていどで、ときにカーライルに影響を与えたリヒターとはどんな男かと思って、ジャン＝パウルを読んでみることはあっても、古典や文学にそれほど詳しくはなかったようである。わずかにド＝クインシー（一七八五〜一八五九）の『アヘン常用者の手記』（一八二二）を通読したことがあるにすぎない。こんなふうだからホームズがどのていど文芸に精通しているのか、ワトスンには推理できなかったのである。

ホームズ家の書棚

ところで、推理小説の元祖エドガー・アラン・ポーが、『モルグ街の殺人』（一八四二）に登場させた探偵オーギュスト・デュパンについて、ホームズは、「分析的な才能をすこしはもっていたのかもしれないが、ポーの思うほど驚くべき人物じゃないよ」とけなしており（《緋色の習作》）、また、フランスのエミール・ガボリオウ著『ルルージュ事件』（一八六六）の主役ルコック探偵をも、「あわれな不器用者さ。唯一のとりえは精力的なだけだ」（《緋色の習作》）と酷評しているところをみると、この二人の作家による探偵小説をかなり読んでいたことは確かだ。そういえば、別の機会にもホームズは、ポーの文章「注意深い推理家は友人の胸のうちをも読みとることができるものだ」を引用したことがあった（《ボール箱》）。

『聖書』（《恐怖の谷》、《曲がった男》）、『大英百科事典』（《赤毛組合》）、『地名辞典』（《四つのサイン》）、『ブラッドショウの鉄道案内』（《恐怖の谷》）や、英国でもっともポピュラーな年鑑『ホイッティカー年鑑』（《恐怖の谷》）などにホームズが精通していたのは、かくべつ不思議なことではなく、さらに仕事柄、いくつかの奇妙な本を知っていたのもいわば当然のことであった。

たとえば、フィリップ・ド＝クロイがベルギーのリェージュで、一六四二年に出版した『国際法規』《緋色の習作》、モリアーティ著『小惑星の力学』《恐怖の谷》、モラン大佐の『西部ヒマラヤの猛獣狩』（一八八一年版。《空き家の冒険》）と『ジャングルの三カ月』（一八八四年版。《空き家の冒険》）、また、パンフレット『領主館についての案内書』《恐怖の谷》や、大英博物館ではエッカーマン著『ヴードゥー教とアフリカ原住民の宗教』《ウィステリア荘》などをホームズは読んでいた。

　雑誌にしても、ホームズが耳の研究を寄稿した『人類学雑誌』《ボール箱》や、前出『ロンドン監獄分類報』《三人ガリデブ》のほかに、『ブリティッシュ・メディカル・ジャーナル』や『ランセット』という、ともに有名な医学雑誌を知っていた。これらはワトスンも購読していたであろうから、遠くからその表紙ぐらいは識別できたというのもあたりまえかもしれない《白面の兵士》。

　このようにホームズは、たいへんな読書家であった《最後の挨拶》。「古本の山の中にうずもれて」《ボヘミアの醜聞》いたと言われ、ワトスンの眠っている間、書物を読みふけっていた《四つのサイン》こともある。そして晩年になると屋根裏部屋には本がぎっしり並んでいた《ライオンのたてがみ》というから、英国人には珍しい蔵書家でもあったのだ。ベイカー街の部屋に居たときには、こんなにたくさんの本を置ききれないのでロンドン市内にあった五カ所のかくれ家《黒ピーター》に分散して保管していたのだという説もある。

ホームズが古本屋の主人に変装したとき、小脇に抱きかかえていた本は、『樹木崇拝の起源』『英国の鳥類』などで（《空き家の冒険》）、実際に古書店を経営していたのではなかったのだから、これらの本もホームズが読み古したものとみてよいだろう。研究家スターン女史によれば、『樹木崇拝の起源』はペッティヒャーが一八五六年にドイツ語で著わした本であり、『英国の鳥類』は一七九七年と一八〇四年にニューキャッスルで二巻本として刊行された『英国鳥類史』を指しているのだそうだ。

古本屋の主人は、ほかに『カタラス詩集』（《空き家の冒険》）を携えていたが、これはローマの有名な叙情詩人ガイアス・ヴァレリウス・カタラスの詩を集めたもので、一五〇二年にヴェニスで印刷された稀覯本《きこうぼん》であり、同性愛を露骨に謳いあげた本だった。

さらにもう一冊、『神聖戦争』（《空き家の冒険》）というのは、英国最大の宗教文学『天路歴程』の作者ジョン・バンヤン（一六二八〜一六八八）による善悪の戦いの寓意物語に問題の本（一六八二）がある。バンヤンは熱心なバプティストで、無資格で伝道して二度も投獄されている。ホームズがなぜこんな本に興味を抱いたのか不明であるが、『天路歴程』を読んで興味をおぼえたために、他の著書をもあさったのであろうか。十字軍の歴史を扱ったトーマス・フラーによる『神聖戦争』（一六三九）だったかもしれない。

古本屋顔まけの古書好き

ホームズが古い書物によく通じていたことは、以上のことからもうかがえるが、「まさかシェイクスピアのフォリオ初版がこの家にあるのではないでしょうね」(《三破風館》)と専門家のようなセリフを述べたり、オクテヴォ版の本に透かしの入った紙が使われていたことも知っていた(《唇の捩れた男》)。

前者のフォリオ初版というのは、一六二三年にロンドンで出版された最初のシェイクスピア戯曲集を指しているのだ。

また、《ボスコム谷の惨劇》事件が起きたロス駅へ向かう汽車のなかで、ホームズが文庫本の『ペトラルカ詩集』を読んでいるのは、彼の隠された一面を物語って興味深い。イタリアの詩人フランチェスコ・ペトラルカ(一三〇四〜一三七四)は、フランスに育ち、恋人ラウラに対する細やかな恋愛心理を謳いつづけたことで知られ、ダンテやボッカチオとならぶ初期人文主義の代表者であった。美しい自然、厭世的な気分、そして恋愛を優美に謳ったこの詩集をホームズが愛読したらしいのだ。

詩では、アメリカの詩人ロングフェロー(一八〇七〜一八八二)の『より高く《エクセルシオー》』を読んでいた(《這う男》)のも確かである。

ところで、ホームズは、殺人クラゲについて、博物学者ジョン・ジョージ・ウッド

（一八二七〜一八八九）のエッセイ集『野外生活』（一八七四）から体験記をみつけたことがあった（《ライオンのたてがみ》）。

J・G・ウッドは、ロンドンに生まれ、オックスフォードのメルトン・カレッジを出て一八五二年に英国国教会の助祭となった。一八五六年から六年間、ホームズがワトスンと初めて会ったセント・バーソロミュー病院の教会の助祭を務め、一八七六年以降は本格的な著述に没頭し、動物学の講演をして英国全土をまわった。大きなザラ紙を黒板や壁に貼ってクレヨンで動物の絵を描いた彼の「スケッチ・レクチャー」は、英米で人気を博したのだった。著書『海岸の動植物』は有名である。

このウッドの例もそうであったが、読書家ホームズは、手あたりしだいにたくさんの本を読んで細かい点までよく覚えており（《ライオンのたてがみ》）、じつに効果的に古今の文献類から文章を引いて、口にしているのだ。《緋色の習作》事件の折、ホームズの功績が世に知られないことをワトスンが憤慨すると、「世の人はわたしをあざ笑うが、わたしは家で金貨を眺めて、喜びとする」と、古代アテナイのクインタス・ホラチウス・フラカス（前六五〜前八）の『第一風刺詩』から一句を引いて逆に慰めたことがあったが、これはその最初の事例である（ただ、ホームズがこれをローマの守銭奴の言葉として引用したのは間違いだった）。

また、一八八六年、《花嫁失踪事件》では、アメリカの博物学者で随筆家ヘンリー・デイヴィド・ソロウ（一八一七〜一八六二）を引きあいに出し、情況証拠が役立つことを、「ミルクの中から鱒《ます》が出てきたような場合にはね」と述べたのも適切であった。ソロウの物質文明否定と自己の内面をみつめようとする態度は、ホームズにもお気に入りだったようで、引退後のホームズの養蜂生活もソロウが書いた『ウォルデン――森の生活』の一種のひきうつしといえよう。

さらに、翌年の《花婿失踪事件》では、「虎児を捕える者には危険がある、女性から幻影を奪う者にも危険がある、というペルシアの古い諺《ことわざ》があるが、ペルシアの賢人はホラチウスよりも利口ものだね」と述べている。これは諺の引用だが、ようやくつきとめた花婿の正体を被害者のメアリ・サザランド嬢が信じてくれないだろうと考えて口にしたのであった。つまり、女性は幻影を食べて生きている生き物だとホームズは考えていたのであろう。

口をついて出るフローベール、ゲーテ、シェイクスピアの言葉

一八八七年、ホームズは、《赤毛組合》事件で成功を収め、ワトスンから賞賛されると、「多少は役に立ったかねえ」と答えながら、ついで口にしたのは、「人はむなしく仕事がすべて」というフランスの小説家ギュスターヴ・フローベール（一八二一〜一八八〇）の言葉だった。

これは一八七五年一二月、女流作家ジョルジュ・サンドに書き送ったものだが、さすがのホームズも少しまちがえて引用しているところをみると、フランス語はあまり得意ではなかったのかもしれない。正しくは「人間は無であって仕事こそすべて」で、一八七五年一二月の手紙。ホームズがフランス語で引用したものには、このほか、「才気ぶった愚か者ほどしまつにおえないものはない」というラ・ロシュフコー（一六一三〜一六八〇）の言葉がある。

ゲーテ（一七四九〜一八三二）についても、ホームズはなかなかくわしい。このドイツの文豪を引きあいに出したのは、「自分が理解できないものを人は嘲笑するものだ」（『ファウスト』第一部）、「自然がお前という素材から一人の人間しか作り出さなかったのは残念だ。というのも、この素材は品位ある人間とも悪漢ともなりうるのだから」（ゲーテとシラーの合作『クセニア』）という二回（ともに《四つのサイン》）である。

ゲーテを引用したこの《四つのサイン》事件では、ホームズの博識ぶりがしばしば発揮されている。

「人間は一人ずつ眺めるとよくわからない謎のような存在だが、人類としてまとめて見ると一つの数学的確率で行動を予言できる」。これはホームズが英国の作家ウィリアム・ウィンウッド・リード（一八三九〜一八七五）の『人類の苦悩』から引いたものだが、彼はこれを「この本でも読んでみたまえ。珍しい本だ」といってワトスンに勧めている（《四つのサイン》）。

同じ事件で、ヨハン・パウル・フリードリヒ・リヒターからは、「人間が偉大なのは、自分が弱くてつまらぬ存在だということを知ることができるからだ」の一句を引き、「リヒターは思想の糧を与えてくれる」と考えたのだった（《四つのサイン》。これについては、さきにふれた）。

一八八九年、娘をかばって悪人マカティを殺したターナー老人があと一カ月の命だと知ったホームズは、プロテスタントの殉教者ジョン・ブラドフォード（一五一〇頃～一五五五）の言葉「もし神の恩寵がなければ、汝もこうなるのだ」を思い出してしんみりしたものだった（《ボスコム谷の惨劇》。原文ではブラドフォードでなく、一七世紀の英国の神学者リチャード・バクスターの言葉だと書いてあるが、それはワトスンの記憶違いか、ホームズの思い違いであろう）。

また、モリアーティ教授の手下、モラン大佐を捕えたときは、シェイクスピアから、「旅の終わりは恋するものの巡り逢い」（『十二夜』第二幕第三場）と述べ（《空き家の冒険》）、一九〇二年の事件にあたっては、「正義のための喧嘩なら力は三倍」（シェイクスピア『ヘンリー六世』第二部第三幕第二景）をホームズは引いており（《フラーンシス・カーファックスの失踪》）、この文豪についても暗くないことがわかる（「旅の終わりは……」は《赤い輪》でも引用。『十二夜』のせりふを二回引用していることから、クリスマスからの一二日目にあたる一月六日をホームズの誕生日として祝うことになったのだという説もある)。

こうなると、〈文学の知識ゼロ〉というワトスンの判定は、完全なあやまりであったというほかあるまい。しかし、その誤解の原因は、ホームズのいたずら心からの質問によるものであった。

5　音楽の才能

ドイツ音楽が好み

ホームズは、音楽、それもどちらかといえば内省的なドイツ音楽が大好きだった《赤毛組合》。中世音楽の研究を趣味としており、フランドル楽派の最後の巨匠、作曲家オルランドゥス・ディン・ラッスス（一五三二頃〜一五九四）による多声音楽的声楽曲（ポリフォニック・モテト）についての小論文を書いたほどである（《ブルース－パーティントン設計図》）。

このラッススは一六世紀前半に、南ベルギーのモンで生まれた。この町の中央広場には今でも彼の銅像が立っているそうだ。ラッススは、少年のときから音楽の才能を発揮し、しかも美声の持ち主だった。少年時代に三回も誘拐され、三度目にはイタリアのシチリア島までつれていかれ、そこの王宮に仕えることになった。すばらしい曲を数多く作った後にフランス、イギリスを経て、ベルギーのアンヴェルス〈アントワープ〉で数年をおくり、一五五六年、ドイツ、ミュンヘンのバイエルン公アルブレヒト五世に招かれ、六四年には宮廷大聖堂楽長となった。一生をミュンヘンの宮廷楽長としてすごし、九四年にこの地で亡くなった。ネーデルラント楽派の最後を飾る〈音楽家中の王子〉とよばれて二〇〇〇を超える作曲をした国際音楽家であった。

ヴァイオリンの名手

ホームズが、ヴァイオリンを巧みに弾いたことも有名である。ワトスンのリクエストに応じて、ドイツの作曲家、〈音楽の風景画家〉ともいわれるメンデルスゾーンをはじめ、難曲を弾きこなす技量をもっていたのだが、一人のときに、曲らしいものを演奏するとか楽譜をひろげてみることはほとんどなかった。

夕刻になるとひじかけ椅子に腰をおろして、眼をとじたまま膝の上にヴァイオリンを置いて奏でることが多かった。メロディーは、憂うつな曲、甘い夢のような曲、テンポの速い陽気な曲などさまざまで、どうもそのときのホームズの気持ちを表しているようであった。気まぐれというよりも、音楽によって考えをまとめようとしているようにもみえた。そしてこんなふうに思いつきのまま弾いたあとでは、必ずワトスンに好みの曲を尋ねて、それを奏でるのであった（《緋色の習作》）。

ところで、ホームズは、実演でなく、レコードで、『ホフマン物語』中の「ヴェニスの舟歌」を聴かせて、道楽者のシルヴィアス伯爵をだましたことがあるが（《マザリンの宝石》）、このホフマン物語の作曲者ジャック・オッフェンバック（一八一九〜一八八〇）が、パリ生まれのユダヤ人であり、後述のジャコモ・マイヤベーア（一七九一〜一八六四）や、すでに述べたメンデルスゾーンがともにドイツ生まれのユダヤ人であることから、ホームズにもユダヤ系の血がまじっていると唱えた研究者がいる。しかし、その可能性はきわめて少ないだろう。

ホームズは、真夜中や、暇な折に、また考えにふけるとき、ヴァイオリンを手にすることが多かった（《緋色の習作》、《第二の汚点》、《オレンジの種五つ》、《瀕死の探偵》、《バスカヴィル家の犬》、《ノーウッドの建築士》）。事件を解決したあとの解放感にひたるときや、反動的に冬眠状態に陥ったときにも、ヴァイオリンだけは手放さなかった（《マスグレーヴ家の儀式》、《花嫁失踪事件》）。

愛器はストラディヴァリウス

楽器の特性にかけても詳しく、ストラディヴァリウスとアマティの違いを心得ていたし、ホテルで食事をしている間、ヴァイオリンの話ばかりしていた（《ボール箱》）のをみてもわかるように、ホームズはこれに相当の愛着を示していたのだ。

イタリア、クレモナの貴族出身の金持ちアンドレア・アマティは、同じ町に居たリュート作りの名人マルコ・デル・ブセットの弟子と言われる。彼はヴァイオリン製作者として名声を馳せたが、それは半ば彼の資本の力によるとも考えられ、バルカン地方の火焔模様の楓《かえで》や南アルプスの松など良い材料を広く買い集めることができたためもあった。彼の噂はフランスにも聞こえるようになって、シャルル九世は自分の宮廷の弦楽団用の楽器全部の製作を頼んだことがあった。ヴァイオリン二四点のほか、ヴィオラなども含まれていたが、フランス革命のとき消失してしまったという。彼の孫ニコラ・アマティも名工であったが、その弟子の一人がアントニオ・ストラディヴァリである。

ストラディヴァリは、生涯に二〇〇〇個以上の楽器をつくったが、現存する真作は約六〇〇と言われており、クライスラーが愛用したストラディヴァリ作のヴァイオリンは、かつて六四〇〇万円で落札されたという。オークションの最高値は二〇一一年に行われた一七二一年製のストラディバリウス「レディ・ブラント」で、約十二億円だったといわれる。

ホームズが持っているヴァイオリンは、このストラディヴァリウスである。彼は、この少なくとも五〇〇ギニー（現在の約一二六〇万円）の値打ちがあるヴァイオリンを、トットナム・コート・ロードのユダヤ人の質屋で、わずか五五シリング（六万六〇〇〇円あまり）で手に入れたのが自慢であった（《ボール箱》）。この大切な楽器を、ホームズは、一度だけ放り投げたことがあった（《ノーウッドの建築士》）のだが、このときは、よほど機嫌が悪かったのであろう。

ホームズはまた、ヴァイオリン奏者についてもなかなか精通しており、食事中にニコロ・パガニーニ（一七八二〜一八四〇）の逸話をつぎからつぎに話してきかせた（《ボール箱》）のもその一例であった。

コンサートへまめに出かける

一九世紀最大のヴァイオリン奏者パガニーニは、イタリアに生まれ九歳からステージに立ったが、賭博癖や色好みなど、生涯、エピソードにこと欠かなかった人物でもあった。「ノーマン・ネルーダを聞きに行こう」とホームズが言いだしたのは、《緋色の習作》事件のときである。ネルーダ（一八三九〜一九一一）は、当時もっとも人気のあったチェコの女性ヴァイオリン奏者で、英国王室お抱えとさえ言われていた。一八六四年、スウェーデンの音楽家ルードヴィヒ・ノーマンと結婚したネルーダは、その後別れて一八八八年にチャールズ・ハレと再婚、彼のポピュラーコンサートによく出演するようになる。ハレのコンサートは一八六一年以来、毎年秋から冬にかけてロンドンで開かれ、ベルリオーズやショパンを英国に初めて紹介したのもこのコンサート

コンサート会場で事件を忘れて音楽に酔うホームズ。《赤毛組合》より。シドニー・パジット画。

の功績だと言われている。

ホームズは、さらに数年後、スペインの作曲家、ヴァイオリン奏者パブロ・デ・サラサーテ（一八四四～一九〇八）の演奏を、セント・ジェイムジズ・ホールで聴いたことがあった（《赤毛組合》）。サラサーテはおもにパリで修業し、「ツィゴイネルワイゼン」の作曲で知られていたが、演奏技術は当時完璧の域に達していたという。

ところで、ホームズが、ド・レシュケがうたうフランス・オペラ『ユグノー教徒』を楽しんだのは、一八八八年、《バスカヴィル家の犬》事件が落着したときだった。

このオペラの作曲者がジャコモ・マイヤベーアである。彼は七歳で、モーツァルトの短調協奏曲を演奏してピアノの神童と騒がれ、一八三六年、四五歳のときパリ歌劇場で、『ユグノー教徒』を初演した。これは彼が作曲したオペラのなかでもっとも優れたもので、一五七二年、カトリックに迫害されたフランスのプロテスタント信者をメロドラマ風に描いたものだった。この二六年間もつづく血なまぐさい宗教戦争を、ホームズが、《バスカヴィル家の犬》事件の最後になって聴きに行ったのは、バスカヴィル家の流血の相続争いを皮肉るためだったのであろうか。

また、一九〇二年、《赤い輪》事件が解決すると、ホームズは、ワトスンとともにボウ街のコヴェント・ガーデン劇場へ急ぎ、リヒャルト・ワグナーの楽劇の二幕目が始まる前に駆けこんだのだった。

この楽劇が、『タンホイザー』だったのか、『ローエングリーン』だったのか不明であるが、もし、『ニュルンベルクのマイスタージンガー』を聴いたのであれば、自分の恋をあきらめたザックスが騎士ワルターと金細工師の娘エーヴァの仲をとりもつという筋だけに、前述のワトスンとモースタン嬢の仲立ちをした（《四つのサイン》）ホームズを偲ばせて興味深い。いずれにしても、音楽に文学的要因を投入しようとしたワグナーのドイツ・ロマン派の音楽劇は、ホームズのお気に入りだったようだ。

一方、一八九八年のことだが、ホームズは、《隠居絵具屋》事件の最中にワトスンとアルバート・ホールへ行き、カリーナという名の歌手の歌を聴いたと言われる。しかし、この名の歌手は当時実在せず、これは記述者のワトスンが何らかの事情で、ホームズの永遠の恋人のアイリーン・アドラーの名をわざと伏せて記したのではないか、とも考えられる。

いずれにしても、ホームズの生活に音楽は欠かすことができなかったようで、彼が、ヴァイオリン演奏にみるように音楽になかなかの才能をもっていたことは明らかであり、作曲についても人並み以上の腕前であった（《赤毛組合》）と言われている。

6 ホームズ、美を愛す

すぐれた美術評論家

鋭い理性を備えた探偵が、同時に感情豊かな美術愛好家であるというイメージは、なかなか成立しないようだ。

事実、シャーロック・ホームズは一見して非常に理知的で冷たくみえるので、美的なものに対する感受性が鈍いのではないかという誤解を招いていることが多い。

しかし、実際に彼を識る者にとっては、それがとんでもない間違いだということは火を見るよりも明らかなのだ。

彼が美術を愛し、ひとかどの見識をもっていたことには多くの裏付けがある。

たとえば、ホームズの追跡のなかでも、とくに印象深いシーンとして、サー・ヘンリー・バスカヴィルをリージェント街で尾行したことがあった。その後、ホームズは、ボンド街の画廊へ行って近代ベルギー画家の傑作を熱心に鑑賞し（《バスカヴィル家の犬》）、この二時間のあいだ、美術以外のことは一言も話そうとしなかったという。

ワトスンはこの事件のとき、「ホームズの美術に関する考えはあまり感心できなかった。ノーサンバランド・ホテルに着くまでずっと彼の絵の話に悩まされた」とこぼしているのだが、これは本当だろうか。ホームズは、またしてもワトスンをからかったのに違いない。

このように断言できるのも、ホームズが、イングランド南西部のバスカヴィル家で、その先祖の肖像画に見とれながら次のように話しているからだ。

「ワトスンはぼくが美術に暗いとみているようですが、二人の考え方が違うだけですから、あまり公平な判断とは言えませんね。あの肖像画はどれも実にみごとなものですからあの青い絹をまとった女性はネラーの作でしょう。こちらのかつらをつけた肥った紳士は、レイノルズの筆ですね」（《バスカヴィル家の犬》）。

このほかにも、ホームズは、一九〇三年の《三破風館》事件の際、メーバリー未亡人に対し、「まさか、ラファエロの絵とかシェイクスピアのフォリオ初版がこの家にあるのではないでしょうね」と尋ねたのだが、このラファエロとは、言うまでもなくイタリア・ルネサンスの巨匠の一人、ラファエロ・サンティ（一四八三～一五二〇）である。

　また、スコットランド・ヤードのマクドナルド警部に言った次の言葉は、美術界、美術史について知りつくしている者の発言でなくして何であろう。

「ジャン・バプティスト・グルーズ（一七二五〜一八〇五）はフランスの画家で、一七五〇年から一八〇〇年にかけて活躍した人です。むろん画家として活躍した時期のことを言っているのです。現代の批評家は彼を当時よりももっと高く評価しています。一八六五年にポルタリースの競売で「子羊を抱く少女」という絵が四〇〇〇ポンドは下らないという値がつきました」（《恐怖の谷》）。

モリアーティの愛した画家ジャン・バプティスト・グルーズの「腕を組む少女」（スコットランド国立博物館蔵）。

画家ヴェルネを先祖に持つ

　ところで、ホームズがこのように芸術に詳しかったとしても、とくに不思議ではなかったのだ。《ギリシャ語通訳》事件では、エミール・ジャン・オラス・ヴェルネ（一七八九〜一八六三）というフランスの有名な画家の妹が、ホームズの祖母であったことが明らかにされている。

ただ、ホームズの場合に特徴的なことは、ひとたび事件が起こると、ひたすら推理に没頭してしまい、どんなに美しい美術作品であっても、それは手がかりを与えてくれるたんなる物体と化してしまうのである。たとえば、五万ポンドの借金の担保となった国宝の緑柱石の宝冠を目にしたとき、三六個のエメラルドが目がさめるほどすばらしく、技巧の粋を集めた美術品であったのに、彼は何も言わず、直ちにそのもぎとられた部分を話題にし始めるのだ（《緑柱石の宝冠》）。

また、「美術のオアシス」、サディアス・ショルトーの邸宅が事件の舞台に登場したとき、そこには、豪華で立派なカーテンやタピストリーが壁を隠し、ところどころ裾が乱れているところからは東洋の花瓶がのぞいていて、琥珀色と黒をあやにした厚いじゅうたん、鳩を象《かたど》った銀のランプ、繊細な自然描写を得意とする画家コロー（一七九六〜一八七五）の風景画、サルヴァトール・ローザ（伊。一六一五〜一六七三）や、ブーグロー（仏。一八二五〜一九〇五）の絵などがあったが、ホームズはそれらには一瞥をくれただけで、捜査の話を急ぐのであった（《四つのサイン》）。

さらに別の事件では、殺人犯で、絵画コレクター、中国陶器の権威でもあったグルーナー男爵のもとに、ホームズは明朝の中国軟磁の小皿を友人ワトスンにもたせて訪ねさせたことがあった。ワトスンは、もちろん中国陶器についてはまったくの素人であって、このため男爵に怪しまれてしまい、奈良の正倉院や聖武天皇について口頭試問をされる破目に陥った。こうして危く、この美しい濃青色の小皿を奪われるところだったのだ（《高名な依頼人》）。ホームズにとっては事件の解決が第一であり、この他人から借りていた貴重な美術品も、じつに気軽にそのための小道具として使われてしまうのである。

建築学にも造詣深い

ホームズは、また、建築にも造詣が深かった。エッジウェア街の古物コレクター、N・ガリデブの家がクイーン・アン式か、ジョージ式かと考え、ガリデブが、「もちろんジョージ式ですよ」と答えると、「そうでしょうかねえ。もうすこし古いように思いますが」と、なかなか博識なところをみせている（《三人ガリデブ》）。

このクイーン・アン様式とは、アン女王時代（在位一七〇二〜一七一四）に流行した、煉瓦を主体とした控えめで単純なスタイルであり、《ライゲイトの大地主》事件の被害者の住むカニンガム邸がこれであった。

一方、ジョージ式建築はジョージ国王四代（一七一四〜一八三〇）に英国で流行した建築様式であり、アメリカではコロニアル・スタイルともよばれている。イタリアのパラディオのネオ・クラシック様式を英国風に変えたものであった。別の事件に登場するハンプシャーのトール館（《トール橋》）もジョージ式建築が半分、他の半分はチユーダー様式であったと言われる。この後者の様式は、ヘンリー七世からエリザベス女王まで（一四八五〜一六〇三）のチューダー王朝時代の建築で、英国中世末期、ないしはゴシック様式を代表して、平らなアーチと浅い刳形《くりかた》が特徴であった。

バラの花の美しさに神をみる

目を転じて自然の景観美に対してはホームズはどのように考えていたのだろうか。ワトスンは、ここでも「山にも海にも無関心で自然鑑賞能力ゼロ」（《ボール箱》）と手きびしい判断をくだしていたが、本当はホームズも自然を愛してやまず、「散歩をしたり、生活に新緑が芽ぶくのや、いいはしばみの木にエノコロの花が咲くのを眺めたりするのは楽しいよ」（《ウィステリア荘》）と述べているのでもそれは明らかである。「自然を征服しようとすると反《かえ》って負かされてしまう」（《這う男》）とも言った。

一九世紀後半になって、当時の英国美術界では、ラファエル前派の芸術革新運動から、やがてウィリアム・モリス（一八三四〜一八九六）の工芸活動や、A・V・ビアズリー（一八七二〜一八九八）の退廃的な唯美主義が、世紀末に妖艶の華を咲かせていたが、ホームズがこれらの尖鋭な潮流と決して無縁ではなかったとしてもそれらとの具体的な関連となると、まだ明確にすることはできない。

しかし、「人間の生存に不可欠ではない余分なもの——たとえばバラの花——の美しさを見ると、神があることがわかる。だから、美というものに人間はもっと希望を抱くべきだ」(《海軍条約文書事件》)とホームズは述べている。

(注・本稿の事件発生年は本書巻末の作品リストと同じくベアリング＝グールドの年代研究に基いている。「ホームズ物語」からの引用は過去に独自に訳出したものを使用した)

サーヴィスの良い郵便制度

《唇の捩れた男》の事件で、ネヴィル・セントクレア夫人が見せた手紙の消印が、「当日のもの。いや、夜中を過ぎていたので昨日、といったほうが正しい」とワトスンが記録している。手紙は、投函されたその日に届いたというから、その電報並みの速さには驚かされる。

現代の英国では、ロンドン市内でFirst Class便(日本の速達にあたる)を使っても、配達は翌日。筆者の住む東京都練馬区では、普通郵便物の配達は、夕刻にたった一回だが、ホームズの時代、ロンドン市内では、朝の七時から夜の八時まで、およそ一時間毎に一日一一回または一二回も配達が行われていた。

英国は郵便切手の発祥の地でもあり、それ以前は手紙を受け取った人が代金を支

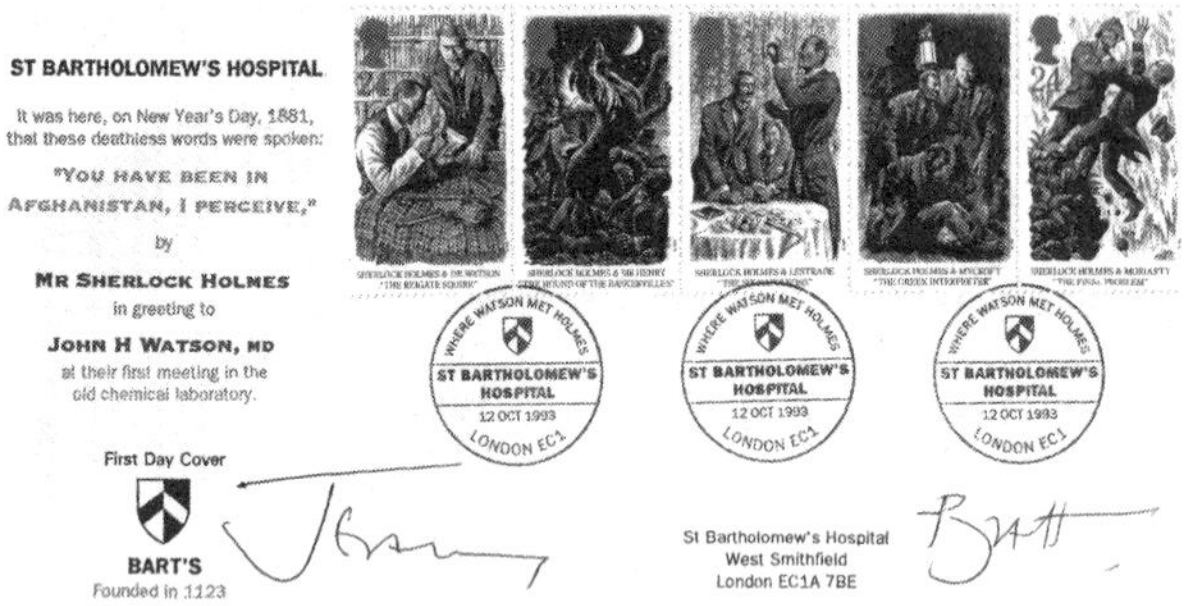

セント・バーソロミュー病院支援のためのホームズ切手の初日カバー。ジェレミー・ブレットのサイン入り。

払うシステムになっていたが、受取人がいなかったり、支払いを拒否されたりで、なかなかうまくいかなかった。

そこで考案されたのが、郵便の配達料を前払いし、その料金を払った証拠として切手を貼るという制度だった。これを考えついたのはジェームズ・チャルマース（一七八二～一八五三）で、一八四〇年から英国はこの切手制度を導入し、英国内全国均一料金として一ペニー切手を発行した。

英国での最初の切手は、今のように切り取り用の波線が入っておらず、いちいちハサミで切って使っていた。

この世界初の切手はヴィクトリア女王の肖像入りの黒色のものだったので、"Black Penny"とか"Penny Black"とか呼ばれている。

この便利な切手制度はまたたく間にアメリ

カ、フランス、ドイツなど諸外国にも広まった。日本でも、一八七一年に、それまで民間の飛脚屋が行っていた手紙の配達を官制に改め、郵便事業を始めるとともに、英国の切手制度をまねて、英国のポストそっくりの赤い郵便ポストを設置した。

《四つのサイン》の事件で、メアリ・モースタン嬢は、一八八二年五月に小包郵便で真珠を受け取ったとあるが、英国で小包郵便が始まったのは一八八三年である。だから、この《四つのサイン》事件が起きたのは、少なくとも一八八三年以降だったはず。ホームズ研究家のベアリング゠グールドは、一八八八年に起きた事件であると推定している。

こうして、小包郵便制度が始まると、今まで letter carrier と呼ばれていた配達人は、postman と呼ばれるようになった。

ただし、ホームズは「電報の使える範囲では、決して手紙など書かない男」（《悪魔の足》）であった。

シャーロック・ホームズとその時代

歴史の転機を迎えたヴィクトリア朝末期

ホームズ物語は一八八七年から一九二七年までの四〇年間に書きつがれた五六の短編と四つの長編からなりたっている。

物語の中のホームズは、一八七七年にロンドンで探偵を開業して以来一九〇三年に引退するまで、ヴィクトリア朝の最後の四半世紀に活躍したのであった。

ホームズ物語の第一作《緋色の習作》（日本では《緋色の研究》と訳されていることが多い）が発表されたのは一八八七年（明治二〇）のことである。

この年、ロンドンでは第一回英国植民地会議が開催され、ヴィクトリア女王の即位五〇周年の式典が各植民地からのそれぞれの民族衣装をつけた兵を従えて盛大に行われたのだった。世界各地に植民地を持ち、その領土に日の沈むことがないといわれた大英帝国は、まさに栄耀栄華の頂点にあるかに見えた。

しかし、一八七七年以降は帝国の繁栄にもかげりが見え始め、産業革命の影響が市民生活にも現れ始めて歴史的にも最も興味深い歴史の転換点ともいえる時代でもあった。

農業と牧畜を主としていた田園国家が産業革命とともに急速に都市化、工業化をすすめれば、歪みがでるのもあたりまえのことだった。

蒸気機関車による鉄道網が整備される。

さらに発明の時代でもあり、馬車は汽車に代わり、ランプは電灯に、電報は電話になるというように文明の進歩が著しかった。植民地からの労働者の流入や、大都会のスラム化、都市への人口の集中などが犯罪を誘発した当時の状況は、家電製品の普及やコンピュータ、インターネットと生活が激変した二〇世紀末の日本にも相通じるものがある。

貧困と犯罪の街ロンドン

ロンドンの人口の三分の一はパンもろくに食べられないような貧困にあえぎ、一歩裏町に足を踏みいれれば自分の身を売ることしかできない女性、いわゆる「売春婦」が一メートルごとに立ち並んでいるというのが現実であった。一八八〇年代のロンドンの人口は三三〇万人。研究者により差があるがうち三万から三六万八〇〇〇人が「売春婦」だったという。一番少なく見積もっても零歳以上の女性の五五人に一人は「売春婦」という勘定になるのだから驚いてしまう。産業革命以降、都市は急速に人口を増やしてきた。都会に甘い夢を描き、農村から多くの人々が移動してくる。運良く下層労働者として雇い入れてもらえたり、メイドとしての職が得られればよいが、ドロップ・アウトして身を落とす者、犯罪に走る者も出てくる。このあたりの事情は、まさに映画やミュージカルでもおなじみのディケンズによる『オリヴァー・ツイスト』（一八三七〜一八三九）の世界そのものだった。

この犯罪多発の状況のなかで、難問、怪事件を次々に解決する正義の味方、ホームズの颯爽とした登場に読者が寄せる期待は、おそらく私たちが現在想像する以上のものであったに違いない。

「切り裂きジャック」連続殺人事件の衝撃

一八八八年にはロンドンっ子を恐怖に陥れた「切り裂きジャック」による「売春婦」連続殺害事件がロンドンのイーストエンドで起きた。犯人は警視庁に挑戦状を送りつつ七〇日間にわたって犯行を繰り返す。実際に起きた歴史的な犯罪で、結局事件は迷宮入りとなっている。

ホームズがロンドン警視庁（通称スコットランド・ヤード）の警部の無能ぶりを揶揄するとき、読者はこの迷宮入りをも思い起こし、ホームズへいっそうの拍手を送ったに違いない。だからこそ、ドイルが《最後の事件》でホームズをスイスのマイリンゲンにあるライヘンバッハ滝で、悪の帝王モリアーティ教授とともに組討ちのまま転落させ、唐突に葬り去ってしまったときには、ホームズ物語の愛読者たちがホームズの死を悼んで、黒の喪章をつけて町を歩いたという記録も残っている。

ホームズの人気

男性はシルク・ハットにフロック・コートをつけて外出し、女性はボディ・ラインがわからないように、バッスルやクリノリンでスカートをふくらませて、地面を引きずるほどのロングスカートをつけ、男性にあらぬ気持ちをいだかせぬよう、脚を見せないようにしていた。海水浴のときでも、洋服を着たままで泳いだ。男性の海水浴場は女性の海水浴場から二キロメートルも離して設けられていた。

ホーム・パーティーの際に、グランド・ピアノの下から脚が見えると劣情をそそるからというので、ズボンをはかせたそうだ。シェイクスピアの作品は猥褻だというので、あやしげな箇所を全部カットした『家庭向けのシェイクスピア全集』が編集された。この家庭向けシェークスピア全集の編者のトマス・ボードラ（一七五四～一八二五）の名から派生した「ボードライズ（bowdlerize）」という英語は「……卑猥な文句を削る」という意味を持つにいたっている。

とにかく、この混沌とした時代背景のなかで正義の味方、紳士の代表選手のような我がシャーロック・ホームズがいかに大衆の人気を集めたかを想像してみてほしい。

ホームズ物語の人気の秘密は、物語そのものが面白いということのほかに、ヴィクトリア朝時代へのノスタルジアとか、ホームズの正義感など、幾つかの要素の複合効果が考えられる。しかしながら、最大の要因は、この物語が人々の無意識に働きかける何ものかを持っていることであろう。神話や伝説が長く語り伝えられるのと同様な理由である。つまり、ホームズ物語は現代に語りつがれる神話なのである。日本だけでも数千万冊が読まれているというこの神話の愛読者たちは、本書で「ホームズの足音が聞こえる」と実感していただけるだろう。

電報から電話へ

一　《唇の捩れた男》事件で物乞いのブーンが留置されているボウ街の警察には、壁か

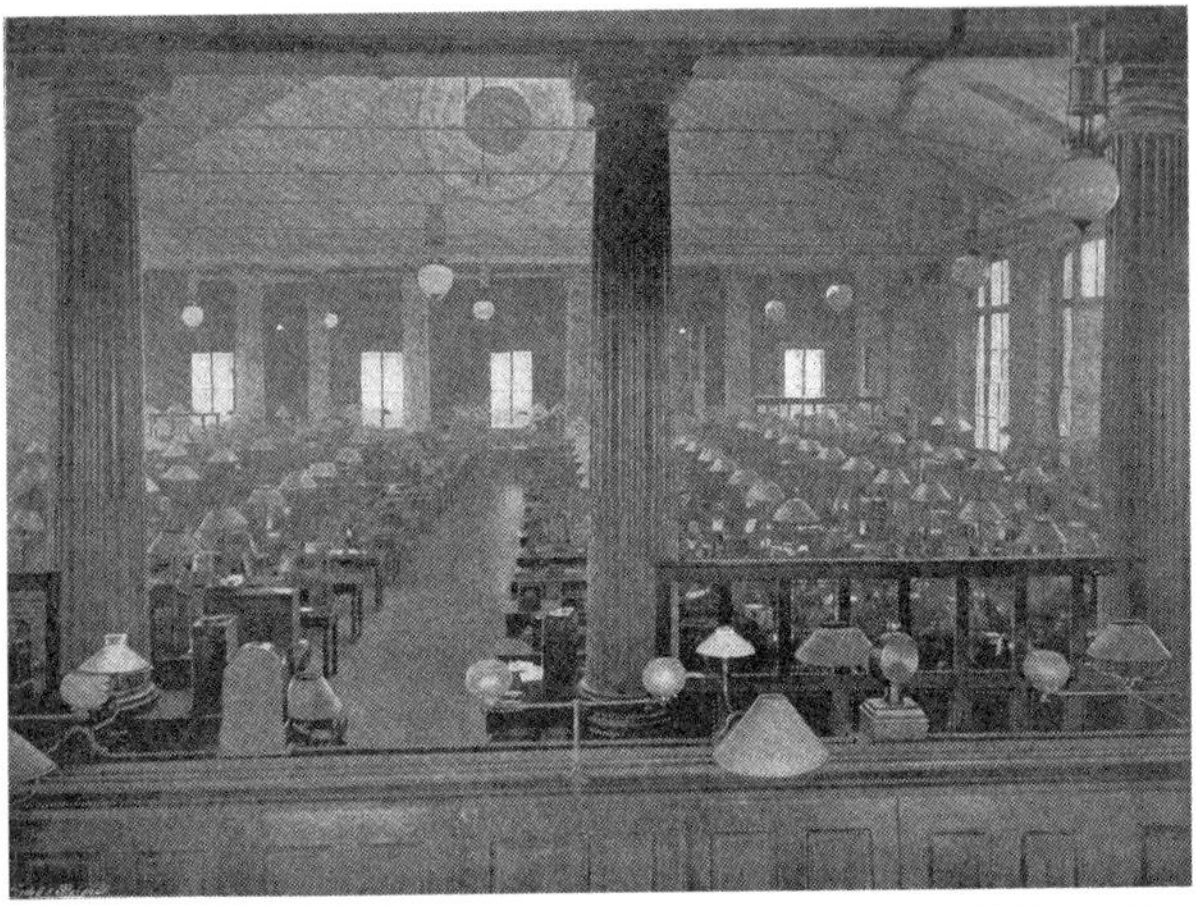

郵便局内に設置された500台の電報用機器は昼夜を問わず稼働。電報需要が増したせいで男女が勤務。ただし、夜間受付業務は男のみ。

け電話があった。一八九〇年にテムズ河畔に移ったスコットランド・ヤードにも、すでに内線電話が設置されていた。

「ホームズ物語」では、このボウ街警察署の電話のほかに六カ所だけ電話が登場している。電話が発明されたのは一八七六年で、一般にはまだ普及していなかった。

ホームズがベイカー街の部屋で電話を使うのは《三人ガリデブ》《高名な依頼人》（いずれも一九二五年発表）、《隠居絵具屋》（一九二七年発表）で、ずっと後年のことであった。

電話をかけているホームズよ

りも、やはり机の引き出しから頼信紙を出して電文をしたためている姿のほうが、似合っているように思える。彼は六〇の事件の中で、四一通の電報を打っている。

当時、電報の受付は朝八時から夜八時までで、特定の局では二四時間営業だったから、コンビニエンス・ストア並みのサービスぶりだった。

電報は受信局で時刻を記録し、すぐに配達夫により宛先に配達された。料金はロンドン―マンチェスター間一二語（英文）が六ペンス（約六〇〇円）で、二〇一八年の日本の電報（漢字をふくむ二五文字六六〇円・税別）と、ほぼ同額だ。

一八七〇年からは英国郵政局が電報を独占的に扱うことになった。料金も一八八五年からそれまでの半値になり、英国内の電報利用度数が急増した。一八七一年に一万通だったものが一八八七年には五万通にものぼり、電話が普及する直前の一九〇〇年頃には、電報は最盛期をむかえた。ロンドン中央郵便局では五〇〇台の電信機に一〇〇〇人以上の特別訓練を受けたオペレーターが働いていた。

このロンドン中央郵便局は、監獄のあったニューゲート・ストリートに面していて、郵便博物館も併設している。ホームズとワトスンの出会いの場、セント・バーソロミュー病院（通称バーツ）のすぐ南隣りなので、ついでがあれば見学するのもいい。

一九〇二年をピークに、英国の電報利用数は徐々に減り、緊急連絡の手段は電報から電話へと変わっていった。

日本の電報利用のピークは一九六三年でなんと英国より六〇年の遅れだった。

（参考文献『アイ・ラブ・シャーロック・ホームズ』（ＴＢＳブリタニカ）の「ホームズと電報」項）

無能な警官たち

一八三七年にヴィクトリア女王が即位した当時、警察制度は不完全で、大衆は警察官を嫌っており、信用していなかった。大衆のこの態度は、ホームズ時代になってもまだ残っており、たとえば《緋色の習作》に出てくるランス巡査をホームズは初めから軽蔑して嘲ったりしている。

一八二九年の首都警察法が施行され、二人の警視総監のもとに八〇〇〇人ほどの制服警官が勤務するようになるまでは、一二八五年に決められた古いウィンチェスター法がまだ生きていて、市民たち全員で自分の地域社会を警備すべきだと決めていた。つまり、全員が巡査の役をしろというわけで、病人など働けない者は、代わりにお金を払って他人にその役を代わってもらっていた。金を払ってもらって代役を務めた人は、たいがいが失業者であった。新しい法のもとで今度は彼らが、巡査として働くのだから有能なはずはなかった。

しかし、一応は世の中の人から尊敬される仕事ということで、警官は、中流階級の人々の間では人気のある職業の一つとなった。

しかし、警官に特別の教育や訓練を施すということはまったくせず、さらに悪いことに、適性検査をうまくすりぬけたアルコール依存者までもが採用される始末で、その実態はかなりお粗末なものだった。

ベイカー街のシャーロック・ホームズ博物館の入り口に立つ警官に扮した係員。

エドモンド・ヘンダースンが警視総監だった一八六八年から八六年には約八五〇〇人の警官が一万五〇〇〇人に増えた。一八七七年の競馬詐欺スキャンダル事件はスコットランド・ヤードの刑事を巻き込み、それ以来、警官が市民からお金をもらってはいけないと厳しく言い渡されるようになった。しかし、給料は安く、仕事もつらかったので、一八七二年と九〇年とに警官のストライキが起こり、賃金引き上げ、年金支給、褒賞金の授与や、週休などを要求した。

《四つのサイン》事件第一二章の冒頭で、財宝が失われたことを知った警官が、「これで手当てはなしだ。宝がなければ、手当もなしです。箱に宝がありさえすれば、今夜の仕事でわたしもサム・ブラウンもそれぞれ一〇ポンドはもらえただろうに」と、こぼす場面に納得もいく。

貨幣制度と物価

ホームズ時代の通貨システムは現在と異なっている。パンの値段やホテルの部屋代などから、一ポンドは、現在の日本円で二万四〇〇〇円と考えるといいだろう。

この計算によると、《唇の捩れた男》の物乞いの一日七時間働いて得た日収は三万一六〇〇円。月二五日働いたとすれば、月給八〇万円近い高級サラリーマンだ。

当時、中流階級の女性で結婚していない女が、誇りを失わずに就ける職業といえば、唯一、ガヴァネスと呼ばれる住み込み家庭教師だけだった。

「ホームズ物語」にも六名の家庭教師が登場する。筆頭は後にワトスン夫人となったメアリ・モースタン嬢（《四つのサイン》）、ヴァイオレット・ハンタ嬢（《ぶな屋敷》）、ヴァイオレット・スミス嬢（《孤独な自転車乗り》）は、いずれも事件の依頼人。これに、犯人の濡衣を着せられたグレイス・ダンバー嬢（《トール橋》）を加えれば、四名までが事件の中で重要な役割を与えられている。

これが、メイドとなると三六名も登場しているのに、事件の進展に欠かせない役割の者はわずかに八名で、しかも、メイドと呼ぶだけで姓名もつけてもらえない者が一九名にのぼっている。

この辺も、当時の女性の置かれていた地位をよく表していておもしろいところだ。

その女家庭教師の給料は月四ポンド（九万

物乞いのヒュー・ブーンの日収は３万円余。３日やったらやめられない……とはまさに名言。《唇の捩れた男》より。シドニー・パジット画。

六〇〇〇円）程度で、平均年収が五〇ポンド（一二〇万円）と言われている。こうして、物価をながめてみると、物乞いのヒュー・ブーンの稼ぎがいかに多かったかもよく理解できる。

知っておくと便利（ホームズの時代）

1 ポンド＝ 20 シリング＝ 24,000 円
1 シリング＝ 12 ペンス＝ 1,200 円
1 ギニー＝ 21 シリング＝ 25,200 円
1 ペニー＝ 100 円（2以上の単位はペンス）
長さ　1 ヤード＝ 3 フィート＝ 91.4cm
1 マイル＝ 1.6km
1 フィート＝ 30.5cm
1 インチ＝ 2.54cm
重さ　1 ポンド≒ 454g
1 オンス＝ 28.35g
温度　F（華氏）＝ 9/5C ＋ 32
C（摂氏）＝ 5/9（F － 32）

「ホームズ物語」全60作品とあらすじ

※事件発生年はベアリング＝グールドによる

①グロリア・スコット号　*The Gloria Scott*　《シャーロック・ホームズの思い出》所収

一八九三年四月発表。一八七四年七月一二日〜九月二二日の事件。

ホームズは大学の同級生ヴィクター・トレヴァーに誘われて夏季休暇を彼の故郷ドニソープですごすことにした。このとき、トレヴァーの父親が自分の経歴をホームズにあてさせようとした。二〇年前、オーストラリアへの流刑船で囚人の暴動が起き、船員を皆殺しにした。その後、かつての仲間がトレヴァー老人を脅迫していることがわかった。

オーストラリアへの流刑については、ニューサウスウェールズへは一八四〇年に、タスマニアへは一八五三年に終止符が打たれているので、この物語はやや真実味に欠ける。

ホームズが探偵となるきっかけを作った記念すべき事件。

②マスグレーヴ家の儀式　*The Musgrave Ritual*　《シャーロック・ホームズの思い出》所収

一八九三年五月発表。一八七九年一〇月二日の事件。

ホームズが学んだカレッジの同窓生レジナルド・マスグレーヴはイングランドでは一番古い家柄の家系であった。レジナルドが図書室に行くと執事のブラントンが祖先から伝わる儀式の秘文書を盗み見ていた。その三日目の朝からブラントンの姿が消え、彼のかつての婚約者は精神異常の徴候をしめすのだった。

この秘文書が一七世紀半ばに書かれてから一八七九年までの約二三〇年間に一〇世代の交代があったことから、一人の家長が平均二三年ずつしかその地位にいなかったことがわかり、当時の人の短命さがうかがい知れる。この作品には、ベイカー街221Bの部屋の様子が詳しく記されている。

③緋色の習作　*A Study in Scarlet*　《緋色の習作》所収

一八八七年一一月発表。一八八一年三月四日〜七日の事件。

アメリカを舞台にした宗教にからむ恋愛の復讐がはるか離れたロンドンで行われた。ホームズとワトスンとのセント・バーソロミュー病院での出会い、二人が共同生活を始めた経緯や、ホームズについてのひととなりが詳細に記されている。「緋色で描いた習作とでも呼ぼうか。人生という無色の糸かせの中に殺人という一本の緋色がまぎれこんでいる。ぼくたちの仕事はその緋色の糸をほぐして、分離して、そのすべてを、端から端まで取り出すことなのだ」という一文から表題が採られている。ホームズ物語の発表第一作。

④まだらの紐　*The Adventure of the Speckled Band*　《シャーロック・ホームズの冒険》所収

一八九二年二月発表。一八八三年四月六日の事件。

二年前、結婚を二週間後にひかえた夜、双子の姉ジュリアが口笛を聞いたあと恐ろしい悲鳴をあげ、「まだらのバンドよ」と言い残し死亡した。そして、今度は一カ月前に婚約した妹のヘレンも、自室の改修のために姉の部屋で寝ていると、再びあの低い口笛を耳にした。恐怖にかられてホームズのところに相談に。

タイトルは『スペックルド・バンド（Speckled Band）』で、ロイロット邸にたむろしているロマが身につけているバンド（スカーフ）を思いおこさせる、ダブル・ミーニングとなっている。

⑤入院患者　*The Resident Patient*　《シャーロック・ホームズの思い出》所収

一八九三年八月発表。一八八六年一〇月六日〜七日の事件。

医師パーシ・トレヴェリアンは強硬症《カタレプシー》研究で注目をあびた。開業資金のない彼に医院を開かせ、自らも入院患者としてそこに住むことにしたいというブレシントンという人物が現れる。稼ぎ高の四分の一が医師のものになるという条件だった。そのブレシントンが、昔の仲間に殺された。

この作品には、当時の医院開業の裏面や病名などが記されているので、この時代の医療の実態がかなりよくわかる。終幕部分に書かれているノラ・クレイナ号は実際は無事ホノルルに到着している。

⑥花嫁失踪事件　*The Adventure of the Noble Bachelor*　《シャーロック・ホームズの冒険》所収

一八九二年四月発表。一八八六年一〇月八日の事件。

ロバート・セント・サイモン卿はアメリカのカリフォルニアの富豪の娘ハティ・ドランと結婚する。式のあと花嫁は披露宴の席から失踪してしまう。教会の式で花嫁は花束をとり落とし、それを座席にいた男が拾ってくれてからは落ちつかないそぶりだった。花嫁衣装と指輪はハイドパークのサーペンタイン池から発見されたが死体はあがらなかった。

　ワトスンとメアリ・モースタンの結婚は一八八九年五月とされているが、この作品中の「私自身の結婚に先立つこと二、三週間」と「強い秋風」という記述が矛盾することから、ワトスン二回結婚説が生まれた。英国の落ちぶれた貴族とアメリカの富豪との結婚はこの時代にはめずらしいことではなかった。

⑦第二の汚点　*The Adventure of the Second Stain*　《シャーロック・ホームズの帰還》所収

　一九〇四年一二月発表。一八八六年一〇月一二日～一五日の事件。

　総理大臣ベリンジャー卿とヨーロッパ省大臣のトリローニ・ホープがあおざめてホームズを訪ねてくる。トリローニ伯爵家から重要な外交文書が紛失したというのだ。だが、その外交文書を隠し持っていると思われる国際スパイが何者かに殺されてしまう。文書は六日前に受け取り、毎日自宅に持ち帰り、鍵のかかる文書箱に入れて寝たのだが、今朝みると文書が紛失していたのだという。紛失状況から内部の犯行と推理。

　大英帝国の首相を二度務めたというベリンジャー卿のモデルはグラッドストーンだろうか。

⑧ ライゲイトの大地主　*The Reigate Squires*　《シャーロック・ホームズの思い出》所収

一八九三年六月発表。一八八七年四月一四日〜二六日の事件。

ホームズが転地療養におとずれたライゲイトで、この地の有力者アクトンの館に泥棒が入り、翌朝にはカニンガム家で働いている馭者ウィリアム・カーウァンが何者かに手紙で呼び出されて射殺される。両家はともに大地主で長年土地権利をめぐって訴訟中なのだという。土地の若い警部の依頼で療養中にもかかわらずホームズが事件解決に乗り出す。

泥棒や強盗が多く、殺人でない限りは警察も手がまわらなかった、当時の英国の社会状況がよくわかる。

⑨ ボヘミアの醜聞　*A Scandal in Bohemia*　《シャーロック・ホームズの冒険》所収

一八九一年七月発表。一八八七年五月二〇日〜二二日の事件。

ワルシャワ帝室オペラのプリマドンナのアイリーン・アドラーは、若き日のボヘミア国王とともに写した写真を持っている。その写真をたねにして国王の結婚を妨害しようとしていると、国王はホームズにその写真を取りもどすことを依頼する。ホームズは才女のアイリーンに出し抜かれてしまうのだが、事件解決後も尊敬をこめて彼女を「あの女」と呼んだ。

この物語には腑に落ちないところが多い。一流の歌手が国王を脅迫するとか、静かな住宅街に急に大勢の人がたむろするなど、いかにも不自然だ。エドガー・アラン・ポーの『盗まれた手紙』を下敷きにして書かれたともいわれている。

⑩ **唇の捩《ねじ》れた男**　***The Man with the Twisted Lip***　《シャーロック・ホームズの冒険》所収

一八九一年一二月発表。一八八七年六月一八日〜一九日の事件。

ワトスンが患者を探しにアヘン窟まで出かけて行くと、そこには思いがけず変装したホームズがいた。前の月曜日に失踪した新聞記者ネヴィル・セントクレアの事件を調べているのだという。その日セントクレアはいつもより早く家を出た。ロンドンに用事があった妻が道に迷ってあやしげな路地に入り込むと、建物の三階の窓に夫の姿が。しかし、そのあと夫は失踪、その失踪現場にはヒュー・ブーンと名乗る物乞いがいた。

当時の物乞いの一日の収入までわかる興味深い作品。アヘン吸引も非合法ではなくロンドンの下町では手軽に吸引できたようだ。

⑪ **オレンジの種五つ**　***The Five Orange Pips***　《シャーロック・ホームズの冒険》所収

一八九一年一一月発表。一八八七年九月二九日〜三〇日の事件。伯父と父が次々に変死を遂げたため、殺人ではないかと捜査を依頼しに嵐の激しい夜にジョン・オウプンショウと名乗る青年が来る。伯父も父も「K・K・K」のサインのオレンジの種五つの入った封筒を受け取ったあとに不審な死を遂げていた。彼もまたホームズに事件を依頼した帰り道に事故死する。秘密結社K・K・Kに殺されたのだと、ホームズは怒ってオレンジの種五粒を相手に送りつける。

この作品にはホームズの知識の一覧表が記されており、《緋色の習作》では「深遠」とされていた科学知識が「ひどくかたよっている」という表現に変わっている。また、「コカインとタバコの依存症がある」という描写にも注目したい。

⑫花婿失踪事件　*A Case of Identity*　《シャーロック・ホームズの冒険》所収

一八九一年九月発表。一八八七年一〇月一八日〜一九日の事件。

タイプの仕事をしているメアリ・サザランドは夜会で出会ったホズマ・エンジェルに求婚された。結婚式の日、ホズマは迎えにきて馬車にメアリと母親を乗せると、自分は通りがかりの馬車に乗り教会に向かった。ところが教会につくと新郎の乗った馬車は空。メアリは新郎をさがしてくれとホームズに相談。

サインまでタイプしてくる怪しげな男と、なぜメアリは結婚する気になったのだろうか？　タイプライターの文字のかすれ具合が事件解決のカギとなる。

⑬ **赤毛組合** ***The Red-Headed League*** 《シャーロック・ホームズの冒険》所収

一八九一年八月発表。一八八七年一〇月二九日〜三〇日の事件。

質屋の主人ジェイベズ・ウィルスンは最近雇い入れた男からすすめられて「赤毛組合」なるものに応募し、見事に採用された。仕事は『大英百科事典』を筆写することで、週四ポンドという高給をもらっていたが、突然、組合が解散し失業、途方にくれてホームズに相談にきた。このときウィルスンが持っていた新聞の日付は四月二七日。赤毛組合はその八週間後に解散したはずなのに、解散の日付は一〇月九日となっていてシャーロキアンたちを長く悩ませている。名作だという声が高いが、ドイル自選では五位であった。

⑭ **瀕死の探偵** ***The Adventure of the Dying Detective*** 《シャーロック・ホームズ最後の挨拶》所収

一九一三年一二月発表。一八八七年一一月一九日の事件。

ホームズの下宿のおかみハドスン夫人にホームズが重体と知らされ、ワトスンがベイカー街に駆けつけた。一一月の薄暗い部屋のなかでやせ衰えたホームズは息も絶え絶えに「スマトラのクーリー病」がうつったと訴える。接触伝染病なので近づかないようにともいうのだった。伝染病の権威の名医を呼ぼうというワトスンにスマトラの農園主を呼んでこさせる。

何かと謎の多い作品。たとえば、初めにはワトスンと折半しなければ下宿代も払えなかったホームズが、いつの間にか金持ちになっている。下宿のおかみハドスン夫人が重要な役割を果たすという珍しい作品。

⑮ 青いガーネット *The Adventure of the Blue Carbuncle* 《シャーロック・ホームズの冒険》所収

一八九二年一月発表。一八八七年一二月二七日の事件。

クリスマスの翌々日の朝のこと、便利屋のピータースンが帽子と鵞鳥《がちょう》を拾ったとホームズのところに相談にくる。帽子はヘンリー・ベイカーのものとわかるが、ピータースンがクリスマスのご馳走にと鵞鳥を自宅に持ち帰ると、その鵞鳥の胃の中からはモーカー伯爵夫人がホテル・コスモポリタンの部屋から盗まれたという、青いガーネットが出てくる。犯人はすでに逮捕されているのだが、宝石は行方知れずとなっていたのだった。

拾ってきた帽子についての推理に始まって、軽快なテンポで場面が次々に展開するこの作品は、「ホームズ物語」の傑作の一つ。

⑯ **恐怖の谷　*The Valley of Fear*** 《恐怖の谷》所収

一九一四年九月～一九一五年五月発表。一八八八年一月七日～八日の事件。

モリアーティ教授の手下ポーロックが暗号でバールストン館で事件が起こることを知らせてきたことから、ホームズは事件調査に乗り出す。昔アメリカで探偵をしていたダグラスは、痛い目にあわせたギャングに仕返しをされて殺されていた。ところが、片方だけの鉄アレイが手がかりとなって意外な事実が明らかになる。

ディクスン・カーが選んだ推理小説ベストテンにも入っており、「ホームズ物語」の中で最高傑作の呼び声が高い。ダグラスが「恐怖の谷」と呼んだアメリカのヴァーミッサ谷での炭鉱労働争議は史実を下敷きにしている。

⑰ **黄色い顔　*The Yellow Face*** 《シャーロック・ホームズの思い出》所収

一八九三年二月発表。一八八八年四月七日の事件。

妻のエフィが理由もいわずに一〇〇ポンドを夫に請求したり、近くにできた別荘に真夜中に外出するなど、いままで愛しあってきた妻が急に不審な行動をとるようになり、夫マンロウは、妻の浮気を疑って捜査を依頼にくる。妻エフィは若い頃にアメリカに渡り、弁護士ヘブロンと結婚し、子どももいたが夫も子どもも黄熱病で亡くなり、二五歳の若さでイングランドにもどった。前夫の財産もかなりあったが、彼女の希望で財産は再婚相手の名義だった。

この作品はアメリカの人種問題を浮き彫りにしている。エフィの最初の結婚相手はアトランタに住むヘブロンというアフリカ系アメリカ人弁護士だった。アトランタのあるアメリカ、ジョージア州では白人とアフリカ系アメリカ人との結婚は当時禁じられていたはずだが。

⑱ギリシャ語通訳　*The Greek Interpreter*　《シャーロック・ホームズの思い出》所収

一八九三年九月発表。一八八八年九月一二日の事件。

人嫌いの人の集まるクラブ「ディオゲネス・クラブ」にホームズはワトスンとともに兄マイクロフトを訪ねると、兄の知人のギリシャ語通訳メラスの不思議な体験を聞く。メラスは監禁されているギリシャ人兄妹の通訳をしたのち、犯人たちに一度は解放された。ところがホームズたちが訪ねると再び連行されてしまったあと。犯人たちは逃亡。

ホームズの兄マイクロフトが登場し、通行人を見ながらホームズと推理くらべをする場面は圧巻である。

⑲ 四つのサイン　*The Sign of Four*　《四つのサイン》所収

一八九〇年二月発表。一八八八年九月一八日～二一日の事件。

メアリ・モースタンのところへ毎年一個の真珠が送られてくる。彼女はその送り主サディアス・ショルトーに呼び出される。つれだって兄のバーソロミュー・ショルトー宅を訪ねると彼は殺されており、インドから持ち帰った財宝も消えている。テムズ河では犯人追跡劇が展開する。

事件解決後にワトスンは依頼人メアリ・モースタンと結婚することになり、ワトスンにとっては記念すべき事件となった。ドイル自選三位の作品だが、メアリが受け取ったショルトーからの手紙の日付が七月七日なのにライシーアム劇場に向かったのは九月の夕刻となっていることや、ワトスンの結婚の日付など、細かいところに疑問が多く、研究対象としても面白い作品。

⑳ バスカヴィル家の犬　*The Hound of the Baskervilles*　《バスカヴィル家の犬》所収

一九〇一年八月～一九〇二年四月発表。一八八八年九月二五日～一〇月二〇日の事件。

バスカヴィル館の当主サー・チャールズ・バスカヴィルは屋敷を夜間に散策中、心臓発作で急死。そこには巨大な犬の足跡が残されていた。チャールズの主治医のモーティマー医師は、その足跡はバスカヴィル家に伝わる魔犬のものではないかと怪しむ。カナダの農場経営をしていた遺産相続人のサー・ヘンリーに対しても館に近づけまいと、ロンドン到着早々に奇妙な事件が起きる。

「ホームズ物語」の中では最高傑作と思われるが、ドイル自選では二位。日本シャーロック・ホームズ・クラブ会員人気投票では一位。舞台となっているダートムアは、伝説の地だが、夏はハイカーでにぎわう明るい国立公園。ただし、秋になると霧が巻き、バスカヴィルの舞台さながらとなるという。

㉑ ぶな屋敷 *The Adventure of the Copper Beeches* 《シャーロック・ホームズの冒険》所収

一八九二年六月発表。一八八九年四月五日〜二〇日の事件。

質素だが明るく聡明な女性のヴァイオレット・ハンタはルーカスル家の住み込み家庭教師（ガヴァネス）として異常な高給年一〇〇ポンドで雇われた。ただその条件というのが「髪を短く切り、衣服は指示するものを着て、指定のところに座ってほしい」というものだった。ヴァイオレットは屋敷内に不審な物も発見。

ホームズが捜査に訪れたときのヴァイオレットの気配りが見事。

ホームズがヴァイオレットという名の女性にことのほか親切であることから、ホームズの母親の名がヴァイオレットだったという説が生まれた。

㉒ボスコム谷の惨劇　*The Boscombe Valley Mystery*　《シャーロック・ホームズの冒険》所収

一八九一年一〇月発表。一八八九年六月八日～九日の事件。

ボスコム谷にはチャールズ・マッカーシー父子とジョン・ターナー父娘が住んでいた。マッカーシーはボスコム沼のほとりで何者かに撲殺され、彼の息子のジェイムズに疑いがかかる。

ターナーの娘アリスが幼いころから知っているジェイムズが犯人であるはずがないとホームズに捜査依頼をした。

ホームズは防水外套を沼地に敷いて腹這いになり、ルーペを出して足跡を調べる。現代のようなナイロン製があるわけではないので、これはバーバリーかアクアスキュータム製のコートと推定される。この物語には、挿絵画家シドニー・パジットによるディアストーカー（鹿狩り帽子）をかぶったホームズも登場しており、当時のファッションをうかがい知ることができる。

㉓株式仲買店員　*The Stockbroker's Clerk*　《シャーロック・ホームズの思い出》所収

一八九三年三月発表。一八八九年六月一五日の事件。

ワトスンが結婚してまもないころにホームズが事件の捜査のためバーミンガムまで同行してくれと訪れる。株式仲買店に就職予定のパイクロフトはピナという男に新設会社にスカウトされるのだが、バーミンガムにある新しい会社に行ってみると、事務所といっても机一つで、さらにピナ自身がピナの兄だと称して現れ、突然に自殺してしまう。

開業後わずか三カ月のワトスンが気安く代診を頼んでホームズと事件現場に同行している。彼は医業よりもホームズの記録を残すことに熱心だったようだ。

㉔海軍条約文書事件　*The Naval Treaty*　《シャーロック・ホームズの思い出》所収

一八九三年一〇月～一一月発表。一八八九年七月三〇日～八月一日の事件。

ワトスンの学生時代の友人パーシ・フェルプスは外務大臣の伯父から預かったイタリアと英国との秘密条約の重要文書が、コーヒーを催促しにいったわずかの隙に事務室から盗まれてしまう。事務室には足跡は残っていなかった。フェルプスは心配のあまり自宅で病の床についてしまった。

三十年戦争（一六一八～四八年）のあと結ばれたウェストファリア講和条約の下

で、勢力均衡政策をとることにより中立を守ってきた英国政府は、超大国が出現しそうなときに反対陣営に肩入れして勢力の均衡をはかり、自国の安全を考えてきた。このような政策のためには、《第二の汚点》にもあるように、しばしば秘密条約も結ぶ必要があった。

㉕ボール箱　*The Cardboard Box*　《シャーロック・ホームズの思い出》所収

一八九三年一月発表。一八八九年八月三一日〜九月二日の事件。

クロイドンに住む五〇歳になる未婚女性のクッシングに宛てて塩漬けにされた人間の耳が二つ送りつけられた。その小包の紐は船で帆を縫うときに使うもので、結び目も船乗りの方法だとわかり、犯人が浮かびあがる。二つの耳は男女のものだった。

ゴッホの耳切り事件（一八八八年一二月二四日）をヒントにして書かれたものと推定されている。あからさまに婚外恋愛が描かれていて、当時の一般的な倫理観と相容れなかったため、英国では雑誌発表後すぐには単行本に収録されなかった。そのため《最後の挨拶》に収録されている全集が多いが、ドイル執筆順に収録している河出版では《思い出》に入っている。

㉖ 技師の親指　*The Adventure of the Engineer's Thumb*　《シャーロック・ホームズの冒険》所収

一八九二年三月発表。一八八九年九月七日～八日までの事件。

水力技師のヴィクター・ハザリは陸軍大佐ライサンダー・スタークという男に、必ず秘密を守るという条件で仕事を依頼される。通常の一〇倍の料金で水圧圧縮機《プレス》の修理を引き受けたのだが、ランプの光で故障を見つけ出し、床に付いていた金属製の薄い膜を剝がそうとすると、大佐はハザリをそこに閉じ込めたまま錠を下ろしてしまった。逃げようとしたときに斧で親指を切断されてしまう。

はやらない水力技師ハザリのモデルは、実はドイル自身だという説もある。窓枠に必死でぶらさがって逃れようとしているときに、上から斧でおそわれたのだとすれば、切断されるのは親指だろうか。

㉗ 曲がった男　*The Crooked Man*　《シャーロック・ホームズの思い出》所収

一八九三年七月発表。一八八九年九月一一日～一二日の事件。

バークリ大佐は同僚の軍曹の美人の娘ナンシーと結婚して幸せに暮らしていた。実は彼女を手に入れるために、恋仇を激戦地に送り出したのだった。この事実を夫人が知り「ひきょう者……」「デイヴィッド」となじり、はげしく口論していた。その最中に、バークリ大佐は変死する。

ホームズの聖書に関する知識が並外れて深いことに注目したい。夫人が口にした「デイヴィッド」は旧訳聖書「サムエル記　下」一一章から一二章にかけての、ダビデがウリヤの妻を手に入れたいために、ウリヤを戦死することが確実な地に派兵したというエピソードにもとづいている。

㉘ウィステリア荘　*The Adventure of Wisteria Lodge*　《シャーロック・ホームズ最後の挨拶》所収

一九〇八年九月～一〇月発表。一八九〇年三月二四日～二九日の事件。

スコット・エクルズは二～三週間前に友人からガルシアを紹介され、彼に招かれてウィステリア荘に一泊した。家も荒れていて食事も楽しくなかった。翌朝気がつくと家は無人になっていて誰の姿もなくなっている。そのうえガルシアは近くの野原で殺されていた。

アヘンを飲まされたバーネットが殺されずに逃げおおせる場面や、ガルシアの死体が発見されてすぐ、警察がガルシアの家を捜査する場面など、やや無理のある描写が多い。

㉙ **白銀号《シルヴァー・ブレイズ》事件** ***Silver Blaze*** 《シャーロック・ホームズの思い出》所収

一八九二年一二月発表。一八九〇年九月二五日〜三〇日の事件。

ダートムアの北部キングズ・パイランドでロス大佐の名競走馬「白銀号」が行方不明になり、その馬の調教師ストレイカーが殺された。廏舎《きゅうしゃ》にメイドが夕食の羊のカレー料理をとどけようとすると怪しい男が現れる。

ホームズはこの作品のシドニー・パジットの挿絵でも鹿射帽（ディアストーカー）をかぶっている。「夜に犬が吠《ほ》えなかった」ことが事件解決の決め手となる。

㉚ **緑柱石の宝冠** ***The Adventure of the Beryl Coronet*** 《シャーロック・ホームズの冒険》所収

一八九二年五月発表。一八九〇年一二月一九日〜二〇日の事件。

イングランドでもっとも身分の高貴な人物が国宝の緑柱石の宝冠を担保に五万ポンドの借金をした。大手銀行頭取のホウルダは、その人物から宝冠を預かり、それを自宅へ持ち帰った。夜中に物音で目をさますと息子のアーサーが宝冠を手にしていたが、金の台と三個のエメラルドがなくなっていた。

エメラルドが三九個もついた宝冠を預けたのは誰だろう。皇族の一人、プリンス・オヴ・ウェールズ（皇太子）だという説もある。また、そのように高価なも

のを銀行の金庫ではなく、なぜ自宅に持ち帰ったのかなど疑問点が多い。

㉛ 最後の事件　*The Final Problem*　《シャーロック・ホームズの思い出》所収

一八九三年一二月発表。一八九一年四月二四日〜五月四日の事件。

一八九一年四月二四日の夕刻、ホームズはワトスンをたずね、モリアーティ一味を一網打尽にするために、一週間ほど大陸を旅行しようとさそう。カンタベリーで列車をおりて追ってきたモリアーティをやりすごすと、スイスのゲンミ峠を越えてマイリンゲンにたどりつく。この地のライヘンバッハ滝でホームズとモリアーティは世紀の対決を行うことになる。

この作品ほど物議をかもす描写が並んでいる物語はほかにない。ホームズには大陸に行く必然性がまったくない。また、なぜモリアーティは、二人が乗った列車をそれと見分けて追跡することができたのだろうか？　さらに一度見失ったホームズたちをどのようにしてマイリンゲンでみつけることができたのだろう？

㉜ 空き家の冒険　*The Adventure of the Empty House*　《シャーロック・ホームズの帰還》所収

一九〇三年一〇月発表。一八九四年四月五日の事件。

ロナルド・アデア卿が自宅で殺された。その事件現場にライヘンバッハの滝でモリアーティと組討ちのまま滝に落ち、死んだと思われていたホームズが古本屋に変装して現れる。そのあと、彼は変装のままワトスン宅を訪問し、ワトスンを驚きのあまりに失神させてしまう。

キャヴェンディッシュ・スクェアからカムデン・ハウスへ行く道筋は、尾行をまくにしてもいかにも奇妙。古本屋の主人が一二冊もの本を小脇に抱えていたというのも、多すぎて抱えきれないのでは？

㉝金縁の鼻めがね　*The Adventure of the Golden Pince-Nez*　《シャーロック・ホームズの帰還》所収

一九〇四年七月発表。一八九四年一一月一四日〜一五日の事件。

チャタム市近くのヨックスリ館にはコーラム教授と名のる病弱で高齢の男が住んでいた。口述筆記などをする住み込み秘書ウィラビ・スミスが屋敷内で教授の机の上にあった封蠟用のナイフで頸動脈を切られ、手には彼のものではない強い近視用の眼鏡が握られていた。「教授……あの女です」ということばを残して息絶えた。

コーラム教授はロシアの虚無主義の革命家だった。一八六〇年ごろには革命思

想を虚無主義と呼んでおり、現在の無政府主義に近い思想である。英国はこれら革命家を寛容に受け入れていて、マルクスはロンドンで『資本論』を書き、エンゲルスの援助を受けた。

㉞ 三人の学生　*The Adventure of the Three Students*　《シャーロック・ホームズの帰還》所収

一九〇四年六月発表。一八九五年四月五日〜六日の事件。

聖ルカ・カレッジのヒルトン教授の部屋に忍び込んで、明日のフォーテスキュー奨学金試験のためのギリシャ語の試験の校正刷りを盗み見た学生がいるのだという。犯人は窓から侵入して校正刷りを鉛筆で書き写した。受験生は三人でいずれかが犯人に違いない。ホームズは、試験をあきらめて南アフリカのローデシアの警察へ就職するという犯人を、「ローデシアでの輝かしい未来を期待します」と励ます。帝国主義の英国ではこれが当然のように行われていたのだろうが、犯罪者崩れが植民地へ行って警官になるというのは、現地人には気の毒だ。

ホームズ・クラブの会合でこの事件について語った折、学生が見るようなところに試験問題をおいた教授の責任を追及するべきだという意見があった。

㉟孤独な自転車乗り *The Adventure of the Solitary Cyclist* 《シャーロック・ホームズの帰還》所収

一九〇四年一月発表。一八九五年四月一三日〜二〇日の事件。「タイムズ」紙にスミス親子を探しているという広告をみて、その弁護士のところにいくと、ヴァイオレット・スミスはカラザース家に住み込み音楽家庭教師となるようにすすめられる。週末ロンドンの実家に戻ろうと自転車で駅に向かうと、怪しい男が自転車の後をつけてきたと、ホームズに捜査を依頼する。

夜遅くにヴァイオレットが依頼に訪れたりするところから、現実離れしたシーンが展開し始める。

㊱黒ピータ *The Adventure of Black Peter* 《シャーロック・ホームズの帰還》所収

一九〇四年三月発表。一八九五年七月三日〜五日の事件。「シー・ユニコーン号」の元船長で大酒飲みのピータ・ケアリが銛《もり》で殺された。妻や娘にも乱暴を働くこともあって、船長のときから「黒ピータ」とあだ名され、嫌われ者で庭に離れをつくり、そこをキャビンと呼んで誰も近寄らせなかった。その殺人現場に落ちていた手帳の持ち主ネリガンに疑いがかかる。

ネリガンの父は銀行を営んでいたが、一〇〇万ポンドの欠損を出してコーンワ

ル州の家庭の半数を破産させたあげくにノルウェーに逃げている。銀行業がスタートしたばかりの時期にはこのような出来事も実際にあったのだろう。ケアリが酒乱というのも意味深い。

㊲ノーウッドの建築士　*The Adventure of the Norwood Builder*

《シャーロック・ホームズの帰還》所収

一九〇三年一一月発表。一八九五年八月二〇日〜二一日の事件。

ロウアー・ノーウッドに住む建築業者のオールデイカーは、昔の恋人の息子で事務弁護士になっているマクファーレンに遺言状作成を依頼した。ノーウッドのオールデイカーの自宅で書類を作成し終えて帰宅したのだが、その直後に出火、金庫はあけはなたれ、オールデイカーの死体もある。血痕のついたマクファーレンのステッキも発見され、マクファーレンに疑いがかかる。

この事件では、現場に残されたマクファーレンの指紋が重要な役割を担っている。実際にスコットランド・ヤードが指紋による人物同定法を採用したのは、一九〇一年のこと。ホームズの捜査法は、常に最先端を走っていたのだ。

㊳ブルース－パーティントン設計図　*The Adventure of the Bruce-Partington Plans*

《シャーロック・ホームズ最後の挨拶》所収

一九〇八年一二月発表。一八九五年一一月二一日〜二三日の事件。ウリッジ兵器工場の職員カドガン・ウェストの死体が地下鉄の線路脇で発見された。彼を最後にみたのは婚約者ヴァイオレットで、一緒に劇場に向かう途中に突然霧の中に走り出したきりもどってこなかったのだという。死体のポケットからは極秘扱いの最新型潜水艦の設計図が発見される。

事件の起きた一八九五年当時、英国には潜水艦の製造計画はまったくなかったが、ドイル自身は潜水艦建造の提唱者であった。死体の移動は、興味深い研究テーマともなっている。

㊴覆面の下宿人　*The Adventure of the Veiled Lodger*　《シャーロック・ホームズの事件簿》所収

一九二七年二月発表。一八九六年一〇月の事件。

七年前からメリロウ夫人の下宿に住むロンダ夫人は、次第に痩せ衰え、夜な夜なうなされて「人殺し」などと叫び声をあげる。不安におもったメリロウ夫人の頼みに、ホームズは常にベールで顔を覆い身分を隠し息をひそめて暮らしている夫人のもとをたずねる。彼女の悩みを上手に聞きだし、彼女に生きる力を与えた。

サーカスのロンダ夫人にまつわる事件は、「耐え忍んで生きていく人の実例は、それだけで世の短気な人たちへの教訓ですからね」というホームズの印象深い言葉で幕を閉じる。

ホームズは聞き役に徹するだけという珍しい作品。カウンセラーをめざしている人には必読事件。ホームズのカウンセリング力が読みどころ。

㊵ サセックスの吸血鬼　*The Adventure of the Sussex Vampire*　《シャーロック・ホームズの事件簿》所収

一九二四年一月発表。一八九六年一一月一九日〜二一日の事件。

五年ほど前に結婚したペルー人の妻が自分の赤ん坊の首から血を吸っているのを見たファーガスンは、吸血鬼ではないかと心配してホームズに相談にきた。先妻の子で体の不自由なジャック少年を妻がいわれもなく打ちすえている現場も二回目撃したという。

ファーガスンが再婚した妻はペルー生まれの美女だったが、あることがきっかけで家庭内離婚の状態に。植民地が多かったので、当時の英国では国際結婚が珍しくなく、言葉や風習が異なる夫婦の関係が冷たくなる例も数多くあった。

㊶スリー・クォーターの失踪　*The Adventure of the Missing Three-Quarter*　《シャーロック・ホームズの帰還》所収

一九〇四年八月発表。一八九六年一二月八日〜一〇日の事件。ケンブリッジ大学ラグビー・チームの主将で名プレイヤーのゴッドフリ・ストーントンが明日のオックスフォードとの試合を前にして失踪した。得体の知れない男と外出したきり消息を絶ったというのだ。誘拐事件ではないかとホームズが乗り出す。

『ホイッティカー年鑑』によると、一八九七年にはケンブリッジ大学のスリー・クォーターが実際に欠場している。実話だったのだろうか。名犬ポンピが活躍。

㊷アビ農園　*The Adventure of the Abbey Grange*　《シャーロック・ホームズの帰還》所収

一九〇四年九月発表。一八九七年一月二三日の事件

アビ農園主のサー・ユースタス・ブラックンストールは火掻き棒で頭を割られて殺された。オーストラリア生まれの妻メアリの片側の眼は赤黒く腫れ上がっている。夫は強盗に撲殺されたと妻は証言するが、ホームズはそれは嘘だと見破る。美人で魅力的なメアリを不幸な結婚生活から救い出すため、ホームズは犯人を見

逃す。

意味するもの《シニフィアン》と意味されるもの《シニフィエ》がつながるという仮説と、つながらないという仮説をめぐって展開する深味のある物語である。

㊸ 悪魔の足　*The Adventure of the Devil's Foot*　《シャーロック・ホームズ最後の挨拶》所収

一九一〇年一二月発表。一八九七年三月一六日〜二〇日の事件。

コーンワル地方のポールデュー湾を見下ろせる小さな家にワトスンを伴い転地療養にきていたホームズが、そこのウォラス村でトランプ遊びをしていた兄弟、オーウェンとジョージが突然精神に異常をきたし、妹のブレンダが死亡するという惨事にであった。危険な人体実験に自分だけでなくワトスンまで巻きこんだ。

アイザック・アシモフは、財産目当ての殺人と恋愛の復讐殺人が行われるこの物語を、ＳＦと見なしている。ホームズはこの事件でも犯人を見逃した。ホームズは自分の良識で裁いたほうがいいと判断し、国家の法には従わなかった。

㊹ 踊る人形　*The Adventure of the Dancing Men*　《シャーロック・ホームズの帰還》所収

一九〇三年一二月発表。一八九八年七月二七日〜八月一三日の事件。

人形が踊っている絵を見たあとに妻がそれを死ぬほど怖がっているので謎をといてほしいとヒルトン・キューービットはホームズに相談した。その後、ヒルトン・キュービットはピストルで殺され、彼の妻も重傷を負った。

英国の名家の主人がロンドンの宿で同宿だったアメリカから来た女性と意気投合してたちまち結婚したことから悲劇が始まる。暗号解読の経過が提示されて興味深い。

㊺ 隠居絵具屋　*The Adventure of the Retired Colourman*　《シャーロック・ホームズの事件簿》所収

一九二七年一月発表。一八九八年七月二八日～三〇日の事件。

ジョサイア・アンバリーという六一歳で引退した絵具会社の元経営者が、二〇歳年下の妻がチェス好きの若い医師レイ・アーネストと一緒に全財産を持ち逃げしたと言って捜査を依頼しにきた。「なんとしてでも証書類だけでも取りもどしたい」というのが願いだった。

この物語にはドイルの哲学が顔をのぞかせている。「誰の人生も哀れでとるにたりないものではないかな。……ぼくたちは何かを欲しがり、手に入れる。そして結局、最後にぼくたちの手の中に残るものは何か？　影だよ」というホームズの言葉には、ペシミストの色が濃く滲み出ている。ヘイマーケット劇場の空席が事件解決の鍵に。

㊻ 犯人は二人　*The Adventure of Charles Augustus Milverton*　《シャーロック・ホームズの帰還》所収

一九〇四年四月発表。一八九九年一月五日～一四日の事件。

恐喝王ミルヴァートンは、昔エヴァ・ブラックウェルが書いたラブレターをたねにしてドーヴァーコート伯爵との結婚を控えている彼女をゆする。ホームズは、この手紙を取りもどすためにミルヴァートン邸にワトスンとともに忍び込む。また、邸内の様子を知るために鉛管工に扮してミルヴァートン邸に入り込み、メイドのアガサと婚約までしてしまう。

女嫌いのはずのホームズがいとも簡単に婚約にまでこぎつけたというのも、珍しいストーリー展開。女嫌いでも女性と親しくなるすべは心得ていたようだ。このエピソードは「シャーロック」のシーズン3の第3話にも転用されている。

㊼ 六つのナポレオン　*The Adventure of the Six Napoleons*　《シャーロック・ホームズの帰還》所収

一九〇四年五月発表。一九〇〇年六月八日～一〇日の事件。

ナポレオンの胸像が次々と何者かに壊される。ナポレオン一世を憎むあまり、目につくかぎりの像を片っ端から壊しているのだろうか？　新聞記者ハーカの家では、像の破壊とともに殺人事件まで起こってしまう。

偶像崇拝批判をテーマにした物語。事件の発端となった製造元のゲルダー商会が作ったナポレオン像が六個だったことからこのタイトルがついた。

㊽ トール橋　*The Problem of Thor Bridge*　《シャーロック・ホームズの事件簿》所収

一九二二年二月～三月発表。一九〇〇年一〇月四日～五日の事件。

世界経済を牛耳る金鉱王ニール・ギブスンのブラジル育ちの情熱的な妻が頭部をピストルで撃ち抜かれて死んでいた。手には「トール橋にて待つ」という住み込み家庭教師ダンバー嬢の手紙が握られていた。また彼女の衣装戸棚からは凶器となったピストルと同様のものが発見され、殺人の嫌疑が彼女にかかる。

この物語で使われたトリックは実際にあった事件からヒントを得たもので、ハンス・グロスの『予審判事必携』（一八九三）という本に「穀物商事件」として紹介されている。

㊾プライオリ学校　*The Adventure of the Priory School*　《シャーロック・ホームズの帰還》所収

一九〇四年二月発表。一九〇一年五月一六日〜一八日の事件。

前閣僚ホウルダネス公爵の一人息子の一〇歳になるサルタイアがプライオリ学校の寄宿舎から誘拐され、それを追いかけたドイツ人教師のハイデッガー先生は死体で発見される。

現場から少年は身支度を整えた上で、教師は身支度する間もなく失踪したことが判明。

読者から、自転車のわだちを見て進行方向を知り得たという記述は間違いだと指摘され、ドイルはそれを認めて謝った。しかし、実は間違いではなかったというおもしろいエピソードが残っている。自転車の役割が大きかった時代の事件。

㊿ショスコム荘　*The Adventure of Shoscombe Old Place*　《シャーロック・ホームズの事件簿》所収

一九二七年四月発表。一九〇二年五月六日〜七日の事件。

サー・ロバート・ノーバートンは大の競馬好きで借金で首がまわらない。妹のビアトリスは未亡人で、彼女の夫の残したショスコム荘に同居している。持ち馬ショスコム・プリンスをダービーに出して、一挙に儲けようと画策している。同居の妹ビアトリスを冷遇するようになり、また夜中になると墓穴に降りて行くので、彼は気がおかしくなったのかと思われてしまう。

この物語の冒頭にホームズが顕微鏡を覗き込んでニカワの粉を発見するシーンがある。当時、このような科学的捜査法はまだ発達しておらず、警察はもっぱら経験と勘で犯人を捕らえていた。ドイルが一番最後に発表したホームズ物語。

㉛ 三人ガリデブ ***The Adventure of the Three Garridebs*** 《シャーロック・ホームズの事件簿》所収

一九二五年一月発表。一九〇二年六月二六日～二七日の事件。

アメリカに住む法廷弁護士のジョン・ガリデブがホームズをたずねてきた。アメリカの大富豪アレクザンダー・ハミルトン・ガリデブが、ガリデブという名前が三人揃えば一五〇〇万ドルを超す財産のすべてをこの三名に与えるというのが遺言だった。アメリカ中探したが見つからず、英国で一人みつけたのであと一名探すために、ひと肌ぬいでくれというのだった。

この物語に出てくる新聞には結束機、手動及び汽動式の鋤《すき》付き刈り取り機など農業用の新しい機械の広告が並んでいる。電話機が捜査に利用され、時代がどんどん進んでいることが感じとれる。

㊾ フランシス・カーファックスの失踪　*The Disappearance of Lady Frances Carfax*

《シャーロック・ホームズ最後の挨拶》所収

一九一一年一二月発表。一九〇二年七月一日～一八日の事件。

故ラフトン伯爵家の直系としては生存するただ一人の人物、レイディ・フランシス・カーファックスから元家庭教師のドブニーに宛てて、きちんと二週間ごとに届いていた便りが、五週間前から途絶えてしまっているので、消息を調べてほしいとの依頼。ホームズに代わりワトスンがスイスのローザンヌまで出向く。彼女はシュレシンガー博士夫妻と知り合いロンドンへ戻ってきているらしいのだが。

「小さくとも極めて能率のよいホームズの組織」とワトスンが記述しているのは、ベイカー街遊撃隊のことだろうか。事件展開は大陸スイスの風光明媚な保養地レマン湖へも。ローザンヌ市発行の観光ガイドブックには、この町ゆかりの有名人として、チャップリンと並びワトスンも登場している。

㊿ 高名な依頼人　*The Adventure of the Illustrious Client*　《シャーロック・ホームズの事

件簿》所収

一九二五年二月〜三月発表。一九〇二年九月三日〜一六日の事件。ド・メルヴィル将軍の令嬢はオーストリアの殺人者グルーナー男爵に惚れ込んで結婚しようとしている。男爵は悪い男で妻は事故死といっているが自らが殺したのだ。その結婚をなんとか阻止してくれと依頼されたホームズは、ロンドンのカフェ・ロワイヤルの前の路上で男爵の手下に襲われて瀕死の大怪我を負ってしまう。

ワトスンが古美術研究家という触れ込みで、明朝の皿を持ってグルーナーのもとへ。「奈良の正倉院とその天皇との関係は?」とグルーナーに問われる。日本が登場。

㊿ 赤い輪 *The Adventure of the Red Circle* 《シャーロック・ホームズ最後の挨拶》所収

一九一一年三月〜四月発表。一九〇二年九月二四日〜二五日の事件。

下宿屋のウォレン夫人の家には不審な下宿人がいる。玄関の鍵を渡す、部屋を覗かないという条件をのめば下宿料は週五ポンド払おうと言った男はその後は姿をみせない。そのうちウォレン夫人の夫が出勤の途中に男たちに襲撃され馬車にとじこめられた後に放り出されるという事件まで起こる。

この物語にはガスの街灯についての描写があり、大英博物館の東北というロンドンでも中心に近い地区なのに、まだ電灯がついていなかったことがわかる。

55 白面の兵士　*The Adventure of the Blanched Soldier*（ホームズ筆）　《シャーロック・ホームズの事件簿》所収

一九二六年一一月発表。一九〇三年一月七日〜一二日の事件。

ジェイムズ・ドッドは、戦地で友人となったゴドフリー・エムズワースと途中わかれわかれになってしまい、その後二通の手紙が来ただけで音信不通となってしまった。ゴドフリーの身の上を心配して実家を訪ねてみると、監禁されているようでもあり、家人の様子がおかしい。真夜中に真っ白な顔をしたゴドフリーが、ドッドの泊めてもらった部屋の窓を外から覗き込んでいた。

今日では治療が十分可能なハンセン病が、不治の病として描かれている点に、時代の流れを感じる。ワトスンが不在でホームズが筆をとった作品。

56 三破風館《スリー・ゲイブルズ》　*The Adventure of the Three Gables*　《シャーロック・ホームズの事件簿》所収

一九二六年一〇月発表。一九〇三年五月二六日〜二七日までの事件。

ハロウ・ウィールドの三破風館に住むメアリ・メイバリー夫人は、先月息子のダグラスを肺炎で亡くした。彼女は、家具ごと屋敷をかなりの高額で譲る契約を不動産屋とかわした。ところが、その契約書を弁護士に見せたところ、法律上何一つ屋敷から持ち出すことができないと言われとりやめにしたのだという。ところが、夜に泥棒が入る。泥棒は亡くなった息子の荷物の中から何かを取り出していた。

「ホームズ物語」ではお馴染みのプロットの一つ、「年下の男」との恋愛がからんでいる。

世界一周旅行が優雅にできる金額が五〇〇〇ポンドであることもわかる。

㊼ マザリンの宝石 *The Adventure of the Mazarin Stone*（第三者筆）《シャーロック・ホームズの事件簿》所収

一九二一年一〇月発表。一九〇三年夏の事件。

高慢なカントルミア卿に、盗まれた一〇万ポンドの「マザリンの宝石」と呼ばれるダイヤを取りもどしてくれとホームズは依頼された。シルヴィアス伯爵が犯人だと確信して跡をつける。追跡を感じてシルヴィアス伯爵がホームズを訪ねると、少年給仕のビリーが部屋に通すがホームズの姿はない。

この物語ではトリックにレコードを使っている。一九〇三年には円盤式蓄音機（グラモフォン）はできていたが、雑音が多くこの物語のように利用できたかどうかは疑問。

給仕ビリーが登場。ホームズの居室の様子の詳細も記載されている。部屋の様子の変遷をたどるのも楽しみの一つ。

㊿⑧ 這う男　*The Adventure of the Creeping Man*　《シャーロック・ホームズの事件簿》所収

一九二三年三月発表。一九〇三年九月六日〜二二日の事件。

プレスベリィ教授の一人娘のイーディスは婚約者であり、教授の助手でもあるトレヴァ・ベネットと相談にきた。学問一筋のプレスベリィ教授は妻に先立たれたが、モーフィ教授の令嬢に情熱的プロポーズをして最近婚約した。そのころから教授は二週間も蒸発したり、性格に変化が起きたりしていて、不審な行動が目立つという。

この物語をSFと見る人もいるが、ヒマラヤ産の大型の猿をインド人、血清を精液のアレゴリーと考えると、「切り裂きジャック」を扱った物語ではないかとも思えてくる。

⑲ ライオンのたてがみ　*The Adventure of the Lion's Mane*（ホームズ筆）《シャーロック・ホームズの事件簿》所収

一九二六年一二月発表。一九〇九年七月二七日～八月三日の事件。ホームズが引退先のサセックスの海岸を散歩していたとき、泳ぎから帰る途中のマクファースンの体中が赤いミミズ腫れになり「ライオンのたてがみ」と言い残して息を引きとるところに遭遇する。犯人ではないかと思われていたマードックも海岸で似たような傷を受けて重傷になる。

ホームズは一九〇三年に四七歳の働き盛りで引退して、このサセックスで養蜂を楽しむ生活に入っている。ワトスンが不在ということでホームズの筆による。

⑳ 最後の挨拶　*His Last Bow: The War Service of Sherlock Holmes*（第三者筆）《シャーロック・ホームズ最後の挨拶》所収

一九一七年九月発表。一九一四年八月二日の事件。

世界史上最も恐るべき一九一四年八月の事件である。この事件解決のすぐあとの八月四日、英国はドイツに宣戦布告。ドイツのスパイであるフォン・ボルクはハリッジの港を見下ろす丘の上でアルタモントが来るのを待っていた。彼はアイルランド系アメリカ人スパイで暗号文を届けに来る約束になっていたからである。

この物語にも不思議な点が多い。フォン・ボルクに嗅がせたクロロホルムを、ホームズはいったいどこに隠し持っていたのだろう。そんな疑問を残したまま、ホームズはファンの前から姿を消した。フォン・ボルク家の家政婦マーサはベイカー街のホームズの下宿のおかみハドスン夫人だったのではという説もある。

シャーロック・ホームズ関連年表

（ホームズの経歴、事件発生年、丸数字の事件番号はベアリング゠グールドによる。なお、ベアリング゠グールド（一九一三〜六七）はアメリカの高名なシャーロキアンで膨大な注釈付き「ホームズ全集」の他、ホームズの架空伝記『シャーロック・ホームズ――ガス燈に浮かぶその生涯』の著者。

1847年　マイクロフト・ホームズ誕生　6　ロンドンで共産主義同盟総会

1852年　ジョン（ヘイミシュ）ワトスン誕生

1854年　1・6　シャーロック・ホームズ誕生　3・28　英国と仏国、ロシアに宣戦

東インド会社消滅

1874年　7・12〜8・4、9・22　同級生ヴィクター・トレヴァーに《グロリア・スコット号》事件①の解明を依頼される　アメリカでレミントン社がタイプライターの大量生産を開始

11・30　ウィンストン・チャーチル誕生

1877年　6　ロンドン市モンタギュー街の一室でホームズが私立諮問探偵を開業　1・1　ヴィクトリア女王、インド皇帝を兼任

1879年　10・2《マスグレーヴ家の儀式》②　10・21　アイルランドの「土地同盟」結

年	月日	ホームズ関連	月日	出来事
				成
1880年	7・27	第五次アフガニスタン戦争・マインワンドの戦いでワトスン負傷	4・28	グラッドストーン自由党内閣組閣
1881年	1・初旬	セント・バーソロミュー病院化学研究室でスタンフォードの紹介によりホームズとワトスンの歴史的邂逅《かいこう》。ベイカー街221Bに共同で部屋を借りる	2・27	マジュバ丘の戦いでボーア軍が英軍を撃破
			3・13	ロシア皇帝アレクサンドルの暗殺
				ロンドンの人口三三〇万人
	3・4〜7	《緋色の習作》③		
1883年	4・6	《まだらの紐》④		
1886年	10・6〜7	《入院患者》⑤	6・20	アイルランド自治法が否決され内閣解散
	10・8	《花嫁失踪事件》⑥	7・25	第二次ソールズベリ内閣成立
	10・12〜15	《第二の汚点》⑦	11・1	東アフリカの利権について英独協定
1887年	4・14〜26	《ライゲイトの大地主》⑧	3・4	英伊地中海協定
	5・20〜22	《ボヘミアの醜聞》⑨	4・4	ロンドンで第一回英国植民地会

6・18～19　《唇の捩れた男》⑩
9・29～30　《オレンジの種五つ》⑪
10・18～19　《花婿失踪事件》⑫
10・29～30　《赤毛組合》⑬
11・19　《瀕死の探偵》⑭
12・27　《青いガーネット》⑮

1888年
1・7～8　《恐怖の谷》⑯
4・7　《黄色い顔》⑰
9・12　《ギリシャ語通訳》⑱
9・18～21　《四つのサイン》⑲
9・25～10・20　《バスカヴィル家の犬》⑳

1889年
4・5～20　《ぶな屋敷》㉑
6・8～9　《ボスコム谷の惨劇》㉒
6・15　《株式仲買店員》㉓
7・30～8・1　《海軍条約文書事件》㉔
8・31～9・2　《ボール箱》㉕
9・7～8　《技師の親指》㉖
9・11～12　《曲がった男》㉗

議を開催
6・21　ヴィクトリア女王即位五〇周年記念式典
11・13　社会主義者大会（トラファルガー広場）で「血の日曜日」となる
5・12　北ボルネオとブルネイを保護領とする
10・29　コンスタンティノープル列国会議、スエズ運河の自由航行決定
5・2　海軍国防法により大建艦計画始まる
10・29　セシル・ローズ、南アフリカ会社の特許状獲得、英国のローデシア進出

1890年　3・24～29　《ウィステリア荘》㉘　3・17　清・英間でシッキム・チベット条約調印
9・25～30　《白銀号事件》㉙
12・19～20　《緑柱石の宝冠》㉚　英国の人口三三〇〇万人
1891年　4・24～5・4　《最後の事件》㉛
1894年　4・5　《空き家の冒険》㉜　4・11　ウガンダ、英国保護領となる
11・14～15　《金縁の鼻めがね》㉝
1895年　4・5～6　《三人の学生》㉞　11　アルメニア人大虐殺事件（コンスタンティノープル）。英、仏、露、アルメニア地方行政改革案をオスマン帝国に提出
4・13～20　《孤独な自転車乗り》㉟
7・3～5　《黒ピータ》㊱
8・20～21　《ノーウッドの建築士》㊲
11・21～23　《ブルース－パーティントン設計図》㊳
1896年　10　《覆面の下宿人》㊴　4・6　第一回オリンピック大会
11・19～21　《サセックスの吸血鬼》㊵　10・26　ロシアのニコラス二世、ロンドンを訪問
12・8～10　《スリー・クォーターの失踪》㊶
1897年　1・23　《アビ農園》㊷　6・15　ロンドンで第二回植民地会議開催
3・16～20　《悪魔の足》㊸
1898年　7・27～8・13　《踊る人形》㊹　1　中国をめぐり英露対立

7・28〜30　《隠居絵具屋》㊺　8・30　ポルトガル植民地に関して英独秘密協定

1899年　1・5〜14　《犯人は二人》㊻　5・18　第一回ハーグ国際平和会議開催

1900年　6・8〜10　《六つのナポレオン》㊼　2・27　英国労働党創立

10・4〜5　《トール橋》㊽

1901年　5・16〜18　《プライオリ学校》㊾　1・22　ヴィクトリア女王没、エドワード七世即位

1902年　5・6〜7　《ショスコム荘》㊿　1・30　日英同盟成立

6・26〜27　《三人ガリデブ》(51)　5・31　ボーア戦争終結

7・1〜18　《フラーンシス・カーファックスの失踪》(52)　12・10　ナイル川流域アスワンダム完成

9・3〜16　《高名な依頼人》(53)

9・24〜25　《赤い輪》(54)

1903年　1・7〜12　《白面の兵士》(55)

5・26〜27　《三破風館》(56)　5・1　エドワード七世、パリ親善訪問

夏　《マザリンの宝石》(57)　6・16　フォード自動車会社（米）設立

9・6〜22　《這う男》(58)

1909年　7・27〜8・3　《ライオンのたてがみ》(59)　1・1　七〇歳以上に老齢年金支給

3・12　独海軍力増強に英国が警告

1914年　8・2　《最後の挨拶》⑥⓪

7・28　第一次世界大戦始まる

8・4　英国、ドイツに宣戦布告

コナン・ドイル

ドイル（Sir Arthur Conan Doyle）は一八五九年に英国のエディンバラ市で生まれた。この市からは、スコットやスティーヴンスンが出ていたので、ドイルも作家への憧れを抱いたようだ。しかし、貧しかったから確実な収入を得られる医師になることにし、エディンバラ大学医学部を卒業した。在学中に外科学を教わったベル博士が、患者を一目見るだけで、その出身地や経歴、どこが悪いかなどを言い当てたのを見て、その鋭い観察と推理の力にドイルは強い感銘を受けた。

彼は一八八二年にポーツマス市のサウスシーで全科医を開業し、初めはひどく貧乏だったが、間もなくそこそこの生活ができるようになり、一八八五年に患者の姉ルイーズ・ホーキンズと結婚した。開業当初は患者が少なくて暇を持て余したのと、生活費を稼ぐためとで、短編小説を書いて雑誌社に送り、幾らかの原稿料をもらっていた。一八八七年には《緋色の習作》という、恩師ベルをモデルにしたホームズ探偵が登場する推理小説を初めて書いたのだが、ほとんど評判にならなかった。その後、眼科専門医になろうと考えて、ドイルはウィーンに一八九〇年末から三カ月間留学した後にロンドンに引っ越し、眼科を開業はしたものの、イラスト入り雑誌「ストランド・マガジン」にホームズものの短編を連載することになったので、医院をたたみ、作家として生きる決心をした。

一八九一年七月号に載った《ボヘミアの醜聞》を第一作とするホームズ短編の連作は読者の爆発的人気を博し、それが載ると雑誌の発行部数が増えるほどだった。しかし、合計二三作を書いたのち、《最後の事件》の中でドイルは一八九三年一二月号でホームズを悪漢モリアーティ教授とともにスイスのライヘンバッハ滝から転落死させてしまった。

成井弘画「コナン・ドイルの肖像」(新潮文庫『我が思い出と冒険――コナン・ドイル伝』延原謙訳の表紙絵として書きおろしたもの。延原家より寄託)。

彼は探偵小説作家と呼ばれるのが嫌で、自分の本領はスコットが書いたような歴史小

ドイルの再婚相手で才色兼備の女性ジーン・レッキー。

説にあると思っていた。だから、『マイカ・クラーク』（一八八九）、『白衣の騎士団』（一八九〇）、『ナイジェル卿の冒険』（一九〇六）などの歴史小説を書いたのだが、成功しなかった。妻ルイーズが一八九三年秋に肺結核にかかったので、ドイルも付き添って転地療養したスイスのダヴォスでは、スティーヴンスンやトーマス・マンも泊ったことのあるホテル近くに滞在して、ノルウェーのスキーを地元のスイス人に教えて、スイスをウィンター・スポーツのメッカにした。その恩に感謝する碑がダヴォスに建っている。

一九〇〇年にはボーア戦争にヴォランティア医師として参加、英国の侵略を正当化した『大ボーア戦争』（一九〇〇）という本を帰国後に出版した功績により「サー」の爵位を与えられた。一九〇一年に《最後の事件》以前に起きた事件という設定で再びホームズが登場する《バスカヴィル家の犬》を書いた。

さらに、一九〇三年になると、死んだと思ったホームズが実は生きていたのだということにして、短編の連載を復活させた。こうして、長編四作、短編五六作のホームズものが書きつがれ、推理小説の古典として揺るがぬ地位を築いた。日本だけでも一〇〇〇万部以上が読まれている。

一九〇六年にルイーズが亡くなると、一八九七年以来の恋人だったジーン・レッキーという才女と再婚する。

ドイルは、「エダルジ事件」（一九〇三）と「オスカー・スレーター事件」（一九〇八）の二つの冤罪事件と闘って容疑者を釈放させたり、『失われた世界』（一九一二）、『毒ガス帯』（一九一三）、『霧の国』（一九二六）などの空想科学小説を書いたり、一九一七年以降は心霊主義に熱中して『心霊学史』（一九二六）を書いたりもした。

一九三〇年、七一歳のときに心筋梗塞で亡くなった。

ドイルは、文学的才能に恵まれ、公明正大を貫いた典型的な英国紳士で、正義感に燃えた一生を送ったが、思想的にはヴィクトリア朝英国の一般大衆を代表する保守的で平凡な人間だったと言えよう。

ホームズのモデルとされているエディンバラ大学の外科医ジョウゼフ・ベル博士が住んでいたことを示す記念プレート。日本シャーロック・ホームズ・クラブが寄贈。現在は日本領事館にある。

コナン・ドイルの心の内

母メアリの婚外恋愛

精神科医でもあった著者小林司は「ホームズ物語」全体がドイルの心情告白であるとして、物語の中からさまざまな証拠をあげて発表した（『シャーロック・ホームズの醜聞』晶文社、一九九九）。私たちはこの発見の発端となったドイルと最初の妻ルイーズが結婚した教会のあるメイソン・ギルという寒村へ取材に行き、村の長老たちなどから直接、ドイルの母とその婚外恋愛相手のウォーラーとの関係も聞いた。ウォーラー家のメイドへの取材もできて、確証を得た。なぜ一八八五年に、ドイルが開業していたポーツマスから三〇〇キロも離れた地で結婚式を挙げたのかという疑問が出発点だった。

ドイルの母メアリは、エディンバラでアルコール症により社会不適合の症状を起こしていた夫を、一八七九年に精神病院に入院させた。そして、メアリが営んでいた下宿に住んでいて一五歳年下の、エディンバラ大学でドイルの先輩医師でもあったウォーラーと婚外恋愛の関係になった。大学で派閥争いに破れ一八八二年にウォーラーが自分の領地であるメイソン・ギルに戻ると、その年の暮れにメアリは三人の子どもとともにウォーラー家のすぐ近くに移り住んだ。

この事実をドイルは自伝のなかでも終世語ることはなく、長く秘密となっていた。ヴィクトリア朝時代では作家としての名声を保つためには、自らも健全な家庭を築いていることが第一条件であった（詳細は『裏読みシャーロック・ホームズ——ドイルの暗号』原書房、二〇一二年、参照）。

母との深い確執

母の行為を許せないドイルだったが、表向きは平静をよそおい、必要以上に母に手紙を書き送り、表面的には「マザーコンプレックス」にも見えた。売れない作家から「売れっ子作家」へと転身するきっかけとなるイラスト入り大衆雑誌「ストランド」への「ホームズ物語」の短編連載が決まると、その第一作の原稿《ボヘミアの醜聞（スキャンダル）》を母に送り、意見を求めている。「スキャンダル」という言葉は、母メアリの心に突き刺さる言葉だったことは想像にかたくない。栄えある第一作のタイトルをなぜ「スキャンダル」としたのか。

そして第二作の原稿は《花婿失踪事件》である。河出版の『シャーロック・ホームズ全集』はドイルの執筆順に構成しているので、短編集「シャーロック・ホームズの冒険」は、《ボヘミアの醜聞》の次が《花婿失踪事件》になっている。発表順に収録してある短編集では、この二つの事件の間に《赤毛組合》が入っている。「スキャンダル」の原稿を読んだ母のところに第二作の原稿が届く。結婚式に向かう途中で失踪してしまった花婿の行方を捜してほしいとホームズを訪れた依頼人は、「メアリ・サザランド。ドイルは彼女に「ホームズさま、実の父が亡くなりましたのち、母が一五歳年下の男の方と早すぎる再婚をいたしました時には、あまりいい気持ちはいたしませんでした」と語らせている。

依頼人の名前は、エミリーでもヘレンでもいいはずなのにあえて母の名前「メアリ」を使い、母の「一五歳年下のウォーラー」との関係を暗示させている。まさに前作の「スキャンダル」の内容をつきつけてきているのだ。

「ホームズ物語」には、このようなドイルの心情告白があちこちに埋め込まれている。ドイルの深層心理を探りながら「ホームズ物語」を読んでみるのも愉しみ方のひとつかと思う。

シャーロキアンになるための図書館蔵書目録

ホームズ学＝シャーロキアナ（Sherlockiana）は、遡れば聖書の解釈学、シェイクスピア学（Shakespeariana）に範をとっていると言われる。俗世の法律解釈学と根は同じである。テキスト（聖書に倣って「正典」と呼ぶ）と、研究があり、それらをまとめた書誌や事典がある――文献や図書館なくしては〈ゲーム〉は成立しない。

【基礎】

『シャーロック・ホームズの冒険』（世界の名著17）C・ドイル、ポプラ社、一九六八年

子ども向けホームズ物語のひとつ。誰しも「はじめてのホームズ」があることだろう。近年の子ども向けホームズ物語は、原著に忠実で丁寧な訳文が多くなっている。この阿部知二訳は、後年確かめると創元推理文庫版の訳とほぼ同じ。

『シャーロック・ホームズ　ガス燈に浮かぶその生涯』　B・グールド、河出文庫、一九八七年

『詳注版 シャーロック・ホームズ全集』　C・ドイル、B・グールド、ちくま文庫、一九九七年

ベアリング＝グールドによる「ホームズの伝記」と「注釈付シャーロック・ホームズ」。年代記など、当時の研究成果が盛り込まれています。『ガス燈』はぜひ手に取ってみたい。『注釈付』の最終巻は、初めて公刊された「日本におけるコナン・ドイル、シャーロック・ホームズ書誌」。

【ドイル伝】

『わが思い出と冒険』　C・ドイル、新潮文庫、一九六五年
『コナン・ドイル』　J・ディクスン・カー、ハヤカワ・ポケット・ミステリ、一九九三年
『シャーロック・ホームズの生まれた家』　R・ピアソール、河出文庫、一九九〇年
　ホームズ物語の著者コナン・ドイル研究の出発点に。ドイルの自伝と、定番の伝記。

【研究】

『シャーロック・ホームズ大百科事典』　J・トレイシー、河出書房新社、二〇〇二年
　ホームズ物語の古典的事典。「実在したホームズ世界」であるヴィクトリア朝事典。
『シャーロック・ホウムズ読本』　E・W・スミス、研究社、一九七三年
『シャーロック・ホームズ17の愉しみ』　J・エドワード・ホルロイド、河出文庫、一九八八年
『シャーロック・ホームズの私生活』　V・スタリット、河出文庫、一九九二年
　外国の古典的研究書の翻訳。「ワトスンは女だった」、221Bの所在など。
『シャーロック・ホームズの推理博物館』　小林司・東山あかね、河出文庫、二〇〇一年
　日本シャーロック・ホームズ・クラブ（JSHC）主宰者による研究入門書。
『シャーロック・ホームズ大事典』　小林司・東山あかね、東京堂、二〇〇一年
　日本の研究の集大成。JSHC会員による研究を収めたシリーズを一冊にまとめたもの。研究成果を項目別に網羅した、いわばホームズ研究百科事典。
『シャーロック・ホームズ――生誕100年記念』　A・アイルズ、講談社、一九八七年

『図説 シャーロック・ホームズ』改訂新版　小林司・東山あかね、河出書房新社、二〇一二年
『シャーロック・ホームズの倫敦』小林司・東山あかね、求龍堂、一九八四年
『シャーロック・ホームズへの旅』小林司・東山あかね、東京書籍、一九八七年
『シャーロック・ホームズを歩く』東山あかね、青土社、二〇一六年　＊
図版で見るホームズ物語。演劇・映画まで含めた〈聖地巡礼〉の旅行記。
『シャーロック・ホームズ百科事典』M・バンソン、原書房、一九九七年
『シャーロック・ホームズ完全ナビ』D・スミス、国書刊行会、二〇一六年
『シャーロック・ホームズ大図鑑』D・S・デイヴィーズ、三省堂、二〇一六年

【パロディ】

『シャーロック・ホームズの功績』アドリアン・C・ドイル&J・ディクスン・カー、ハヤカワ・ミステリ、一九八三年
『シャーロック・ホームズの秘密ファイル』J・トムスン、創元推理文庫、一九九一年
『恐怖の研究』E・クイーン、早川文庫、一九六七年
パスティッシュ（二次創作）の著名なもの。「語られざる事件」、切り裂きジャックとの対決。
『シュロック・ホームズの冒険』R・L・フィッシュ、ハヤカワ文庫、一九七七年
『シャーロック・ホームズの宇宙戦争』M・W・ウェルマン&W・ウェルマン、創元SF文庫、一九八〇年
『ベイジルと失われた世界――ねずみの国のシャーロック・ホームズ〈3〉』E・タイタス、あかね書房、一九七九年

『シャーロック・ホームズの栄冠』 北原尚彦、創元推理文庫、二〇一七年
パロディの著名なもの。抱腹絶倒、こんなのあり？から、ディズニー『オリビアちゃんの大冒険』の原作など。

【深読み】

『シャーロック・ホームズの深層心理』 小林司・東山あかね、晶文社、一九八五年 ＊
『シャーロック・ホームズの醜聞《スキャンダル》』 小林司・東山あかね、晶文社、一九九九年 ＊
『シャーロック・ホームズの謎を解く』 小林司・東山あかね、宝島SUGOI文庫、二〇〇九年 ＊
『裏読み シャーロック・ホームズ――ドイルの暗号』 小林司・東山あかね、原書房、二〇一二年 ＊

以上のリストは「シャーロキアン養成図書館蔵書目録」として、明山一郎・田村英彰の両氏が二〇一七年五月に東久留米市中央図書館のイベント「ひとハコ図書館」用に作成したものに、東山が追加（＊印）。

〈特別追加文献〉 （新井清司氏による）
『名探偵シャーロック・ホームズ事典』 日本シャーロック・ホームズ・クラブ監修・執筆、くもん出版、二〇一二年
『シャーロック・ホームズと見るヴィクトリア朝英国の食卓と生活』 関矢悦子、原書房、二〇一四年
『文人、ホームズを愛す。』 植田弘隆、青土社、二〇一五年

我が家のシャーロック・ホームズ狂想曲　study01　小林エリカ

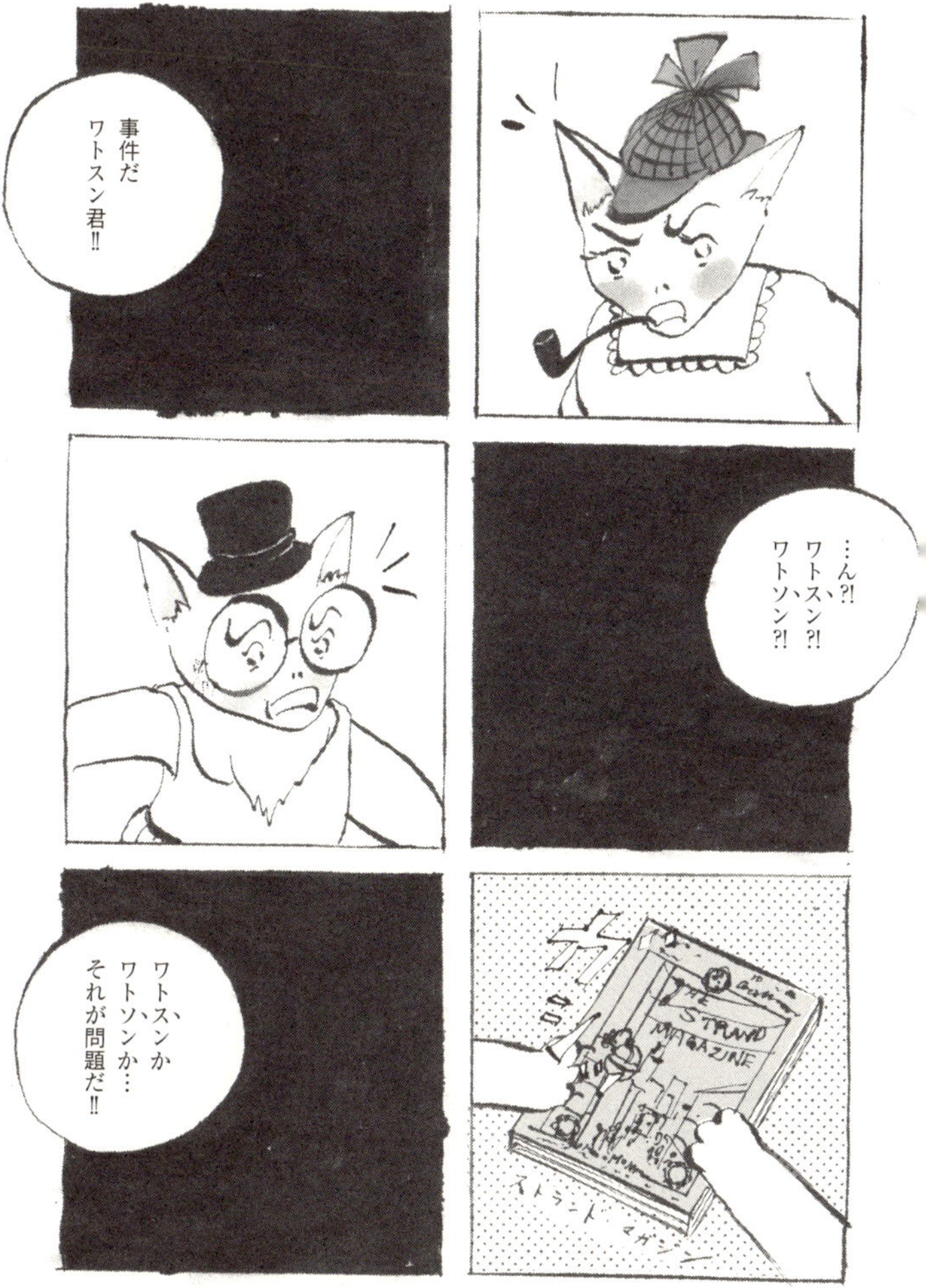

19世紀英国倫敦《ロンドン》
ベイカー・ストリート221B

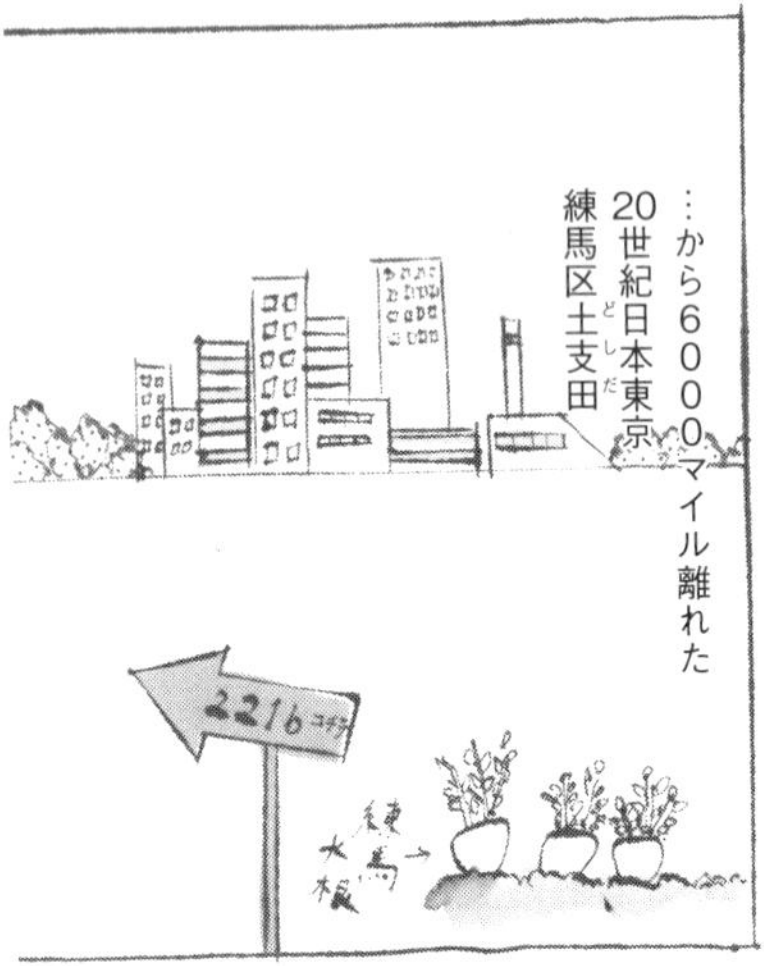
…から6000マイル離れた
20世紀日本東京
練馬区土支田《どしだ》

SH60

我が家のシャーロック・ホームズ狂想曲

study 01

小林エリカ

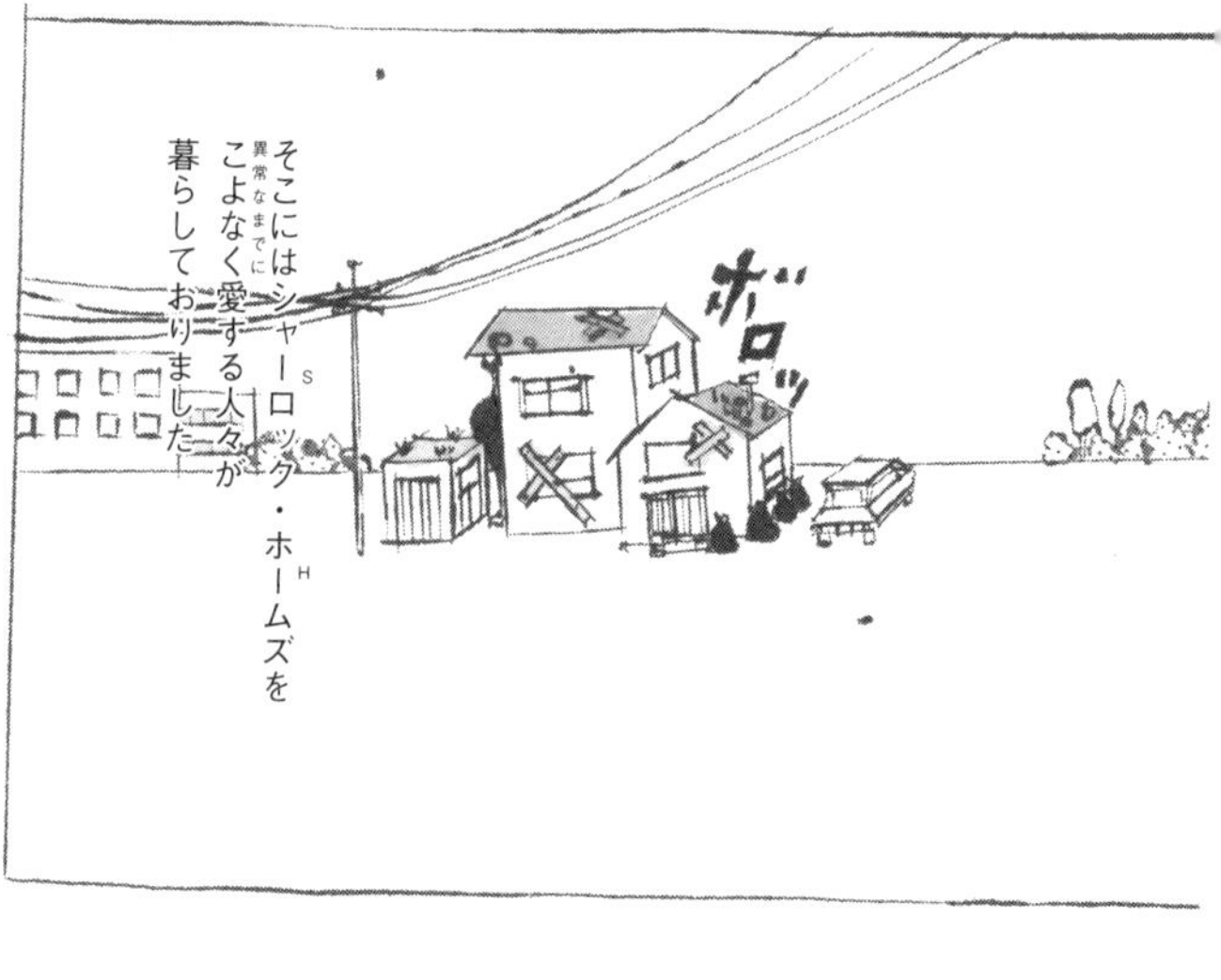

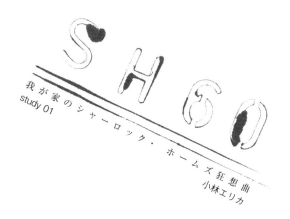

※この物語は実在の人物すぎるため猫になっています

我が家のシャーロック・ホームズ狂想曲　study02

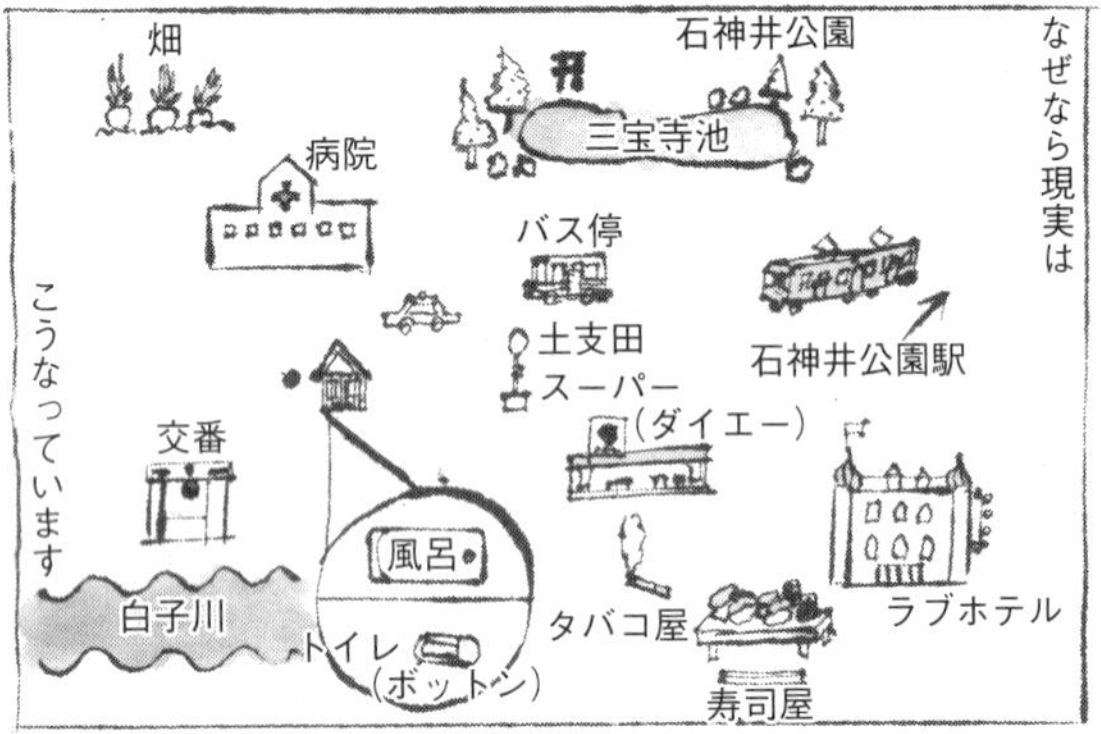
なぜなら現実は
畑
石神井公園
三宝寺池
病院
バス停
石神井公園駅
土支田
スーパー
（ダイエー）
交番
風呂
白子川
トイレ
（ボットン）
タバコ屋
ラブホテル
寿司屋
こうなっています

……が脳内はＳＨ《シャーロック・ホームズ》愛故
ハイド・パーク
サーペンタイン池
チャリング・クロス駅
アフガニスタン
大英帝国
支配下
植民地
インド
ランガム・ホテル
シンプソンズ

SH60

我が家のシャーロック・ホームズ狂想曲
study 02

小林エリカ

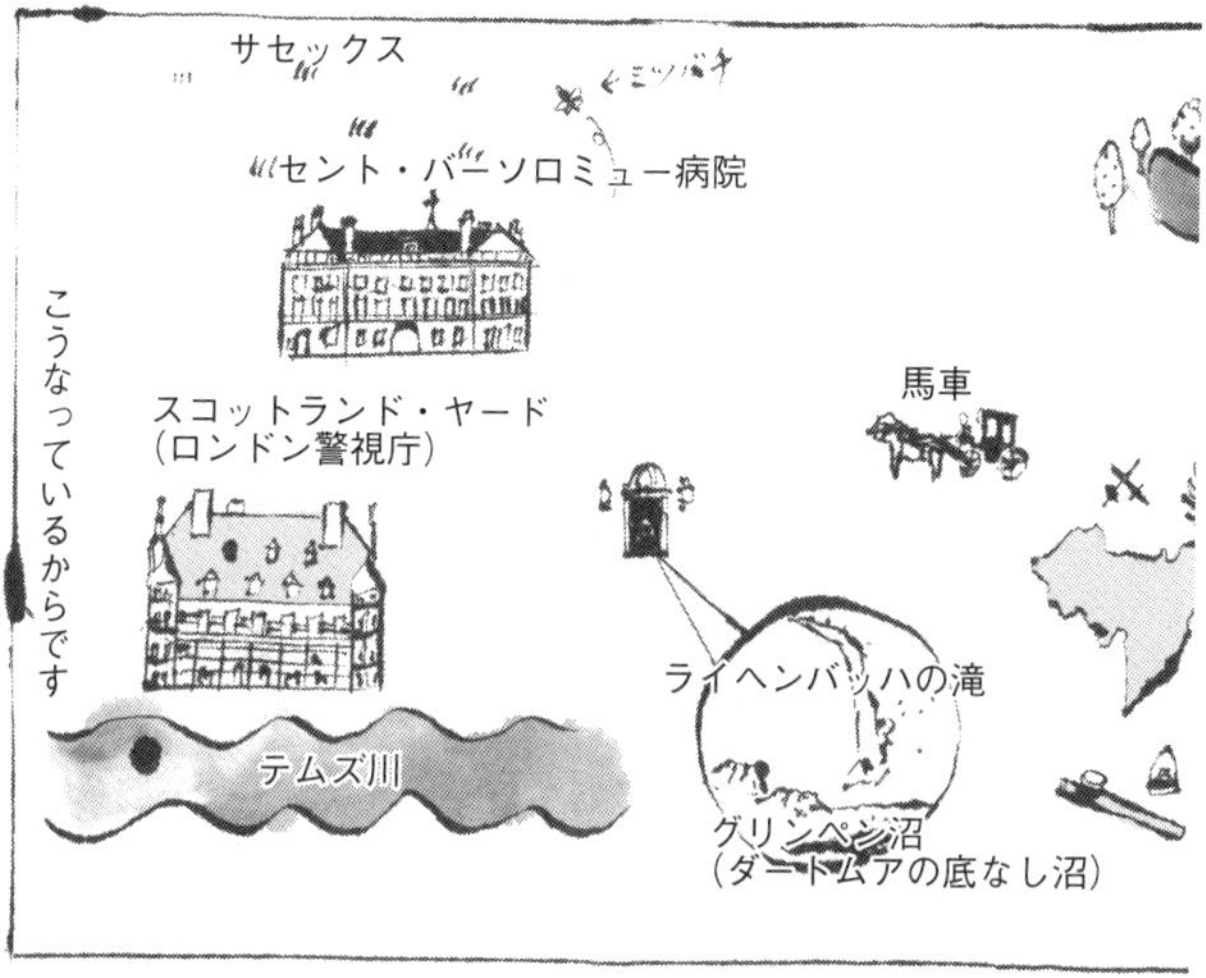

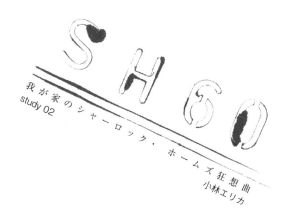

※この物語は実在の人物すぎるため猫になっています

ヒマナラスグコイ
イソガシクテモ
コイ

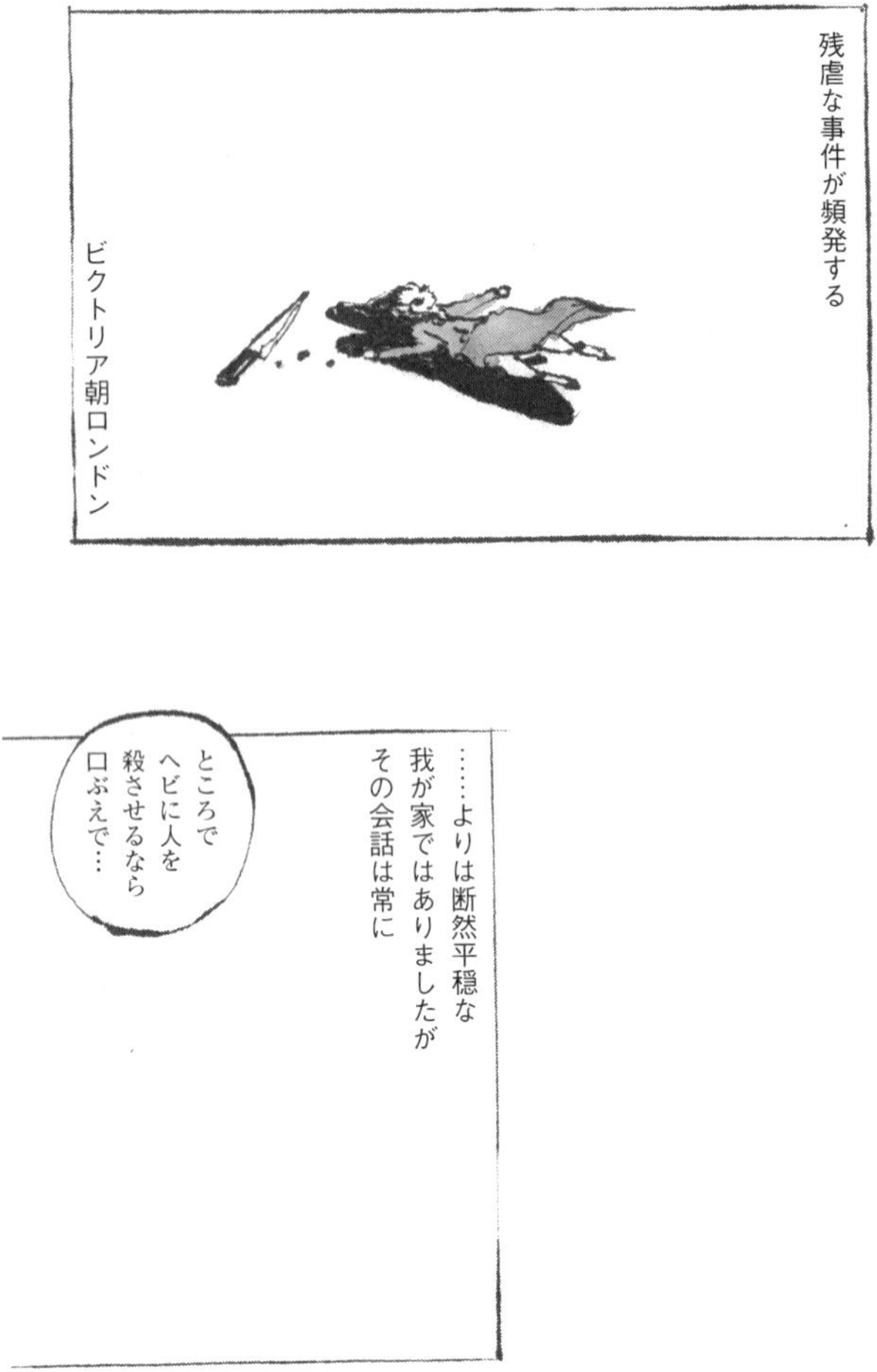
残虐な事件が頻発する
ビクトリア朝ロンドン
……よりは断然平穏な
我が家ではありましたが
その会話は常に
ところで
ヘビに人を
殺させるなら
口ぶえで…

SH60

我が家のシャーロック・ホームズ狂想曲

study 03

小林エリカ

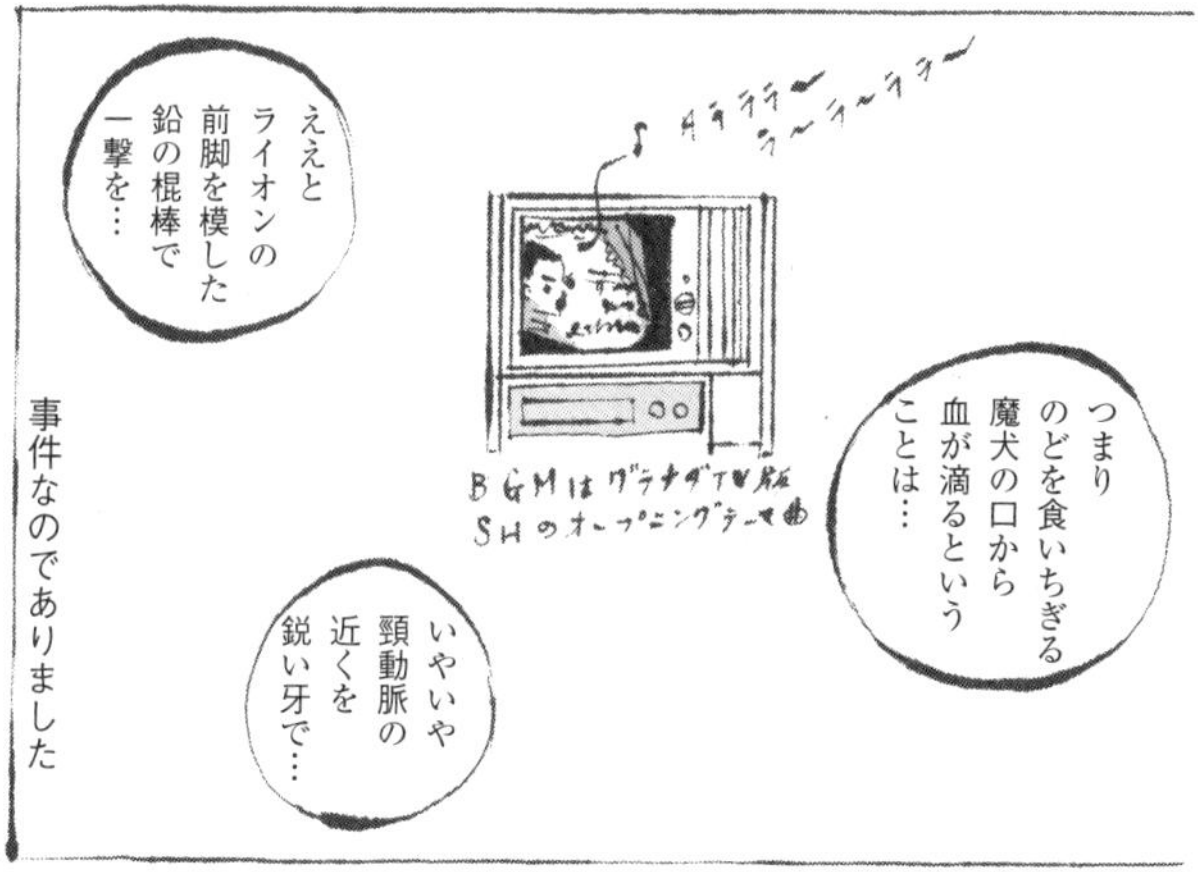

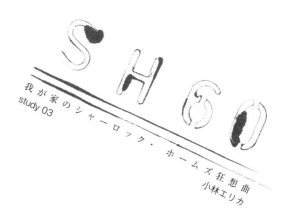

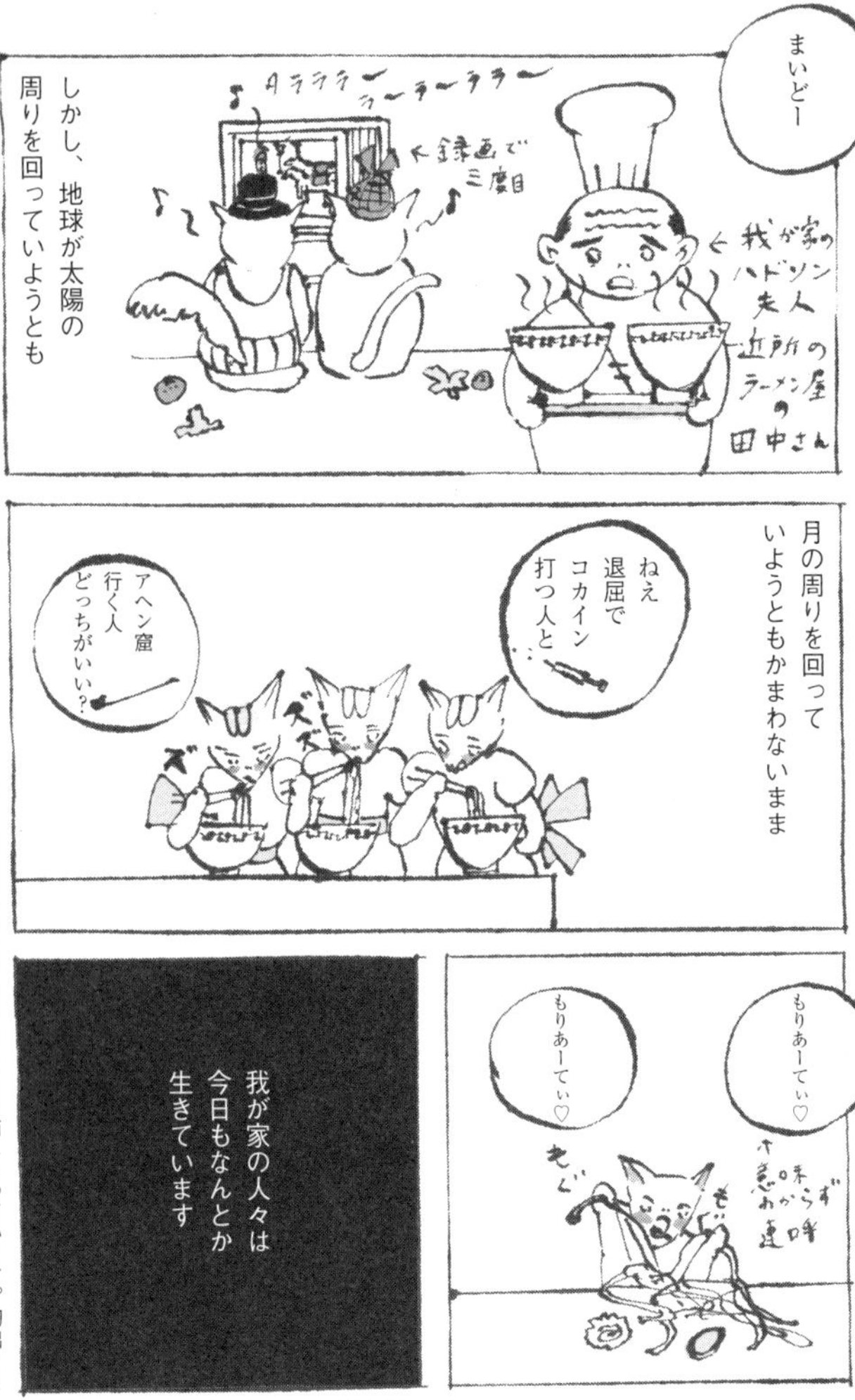

※この物語は実在の人物すぎるため猫になっています。初出PR誌「ちくま」二〇一七年四月号、同年五月号、同年六月号所収。

あとがき

一九七七年に夫小林司（二〇一〇年没）と手さぐりで創設したシャーロック・ホームズの愛好団体の日本シャーロック・ホームズ・クラブ（ＪＳＨＣ）は二〇一七年に四〇周年を迎えた。ホームズを通しての長い間の英国との文化交流が評価されて二〇一六年には日英協会から表彰された。

クラブを創設する一九七七年以前はシャーロック・ホームズの愛好家いわゆる「シャーロキアン」というのは「ホームズの実在を疑わない」熱烈なファンの集まりだとみなされていて、ごく限られた人たちのものだった。

ホームズ・クラブが誕生してからは、会員による共同執筆の本の出版などの活動の成果もあり、「ホームズをとおして誰もが平等に楽しんでいる」のが「シャーロキアン」だと認識されてきたようだ。

河出書房新社からのホームズ全集の翻訳の親本となったオックスフォード大学出版局から『シャーロック・ホームズ全集』全九巻が詳しい解説つきで一九九三年に刊行

されると、いままでは大衆小説として扱われていた「ホームズ物語」をきちんと文学として評価し、評論するという機運が高まってきた。現在では、ホームズはコナン・ドイルの著した物語上の人物であるというスタンスの研究もなされるようになっている。

二一世紀にはいると、映画、テレビドラマ、演劇、人形劇、パロディ、漫画、ゲームとホームズの活躍する分野は一層のひろがりをみせ、ホームズの愛好者も多彩になった。どのジャンルのホームズが好きでも「ホームズが好き」という一点で集っているのが日本のホームズ・クラブの特徴だと思っている。

本書は、河出書房新社の「ホームズ全集」の担当の揖木敏男さんのご提案で、既刊の『図説 シャーロック・ホームズ』（カラー写真多数収録）の主要部分に新しい情報等を加えて文庫化し、手頃な「ホームズのガイド本」としてお届けすることになった。

小林司は二〇一〇年に天国に旅立ってしまったが、『図説 シャーロック・ホームズ』をそのまま転載した部分もあるので、東山との共著とした。つねに小林との二人三脚でのホームズ本の執筆だったが、今回はホームズ・クラブの方々に多くを助けていただいた。

また、娘小林エリカの漫画三点も掲載した。娘との共同著作を一番よろこんでいるのは小林だと思う。エリカの娘（現在三歳）もたっての希望でホームズ・クラブに入会した。いつか親子三代ベイカー街に立つのが夢。

本書が「ホームズ」との出会いのきっかけとなっていただければと思う。「ホームズ」とともに歩く人生に「退屈」という言葉はないと確信している。

二〇一八年　暮れ

日本シャーロック・ホームズ・クラブ主宰者　東山あかね

「ちくま」連載の小林エリカの漫画の転載を快く許可してくださった筑摩書房山本充さん、「シャーロキアン養成図書館蔵書目録」作成の明山一郎さん、田村英彰さん、資料探求協力の新井清司さん、資料整理協力の雀部ひろみさん、ロンドン最新情報収集の旅を企画してくださった志垣由美子さん、柴﨑節子さん、そして河出書房新社編集部の揖木敏男さん、岩本太一さんありがとうございました。

本書掲載の写真はとくに断りのないものは著者による。

日本シャーロック・ホームズ・クラブ入会希望の方へ

1. 日本シャーロック・ホームズ・クラブのホームページ http://holmesjapan.jp から入会申込書をダウンロードして下さい。
2. 切手を貼った返信用封筒を同封して下記に入会案内を請求して下さい。

〒178－0062 東京都練馬区大泉町2－55－8
日本シャーロック・ホームズ・クラブ　K係

本書は小社刊『図説　シャーロック・ホームズ』（二〇一二年改訂新版）をもとに再編集したものである。

シャーロック・ホームズ入門《にゅうもん》百科《ひゃっか》

二〇一九年 二 月一〇日 初版印刷
二〇一九年 二 月二〇日 初版発行

著　者　小林司《こばやしつかさ》・東山《ひがしやま》あかね

発行者　小野寺優
発行所　株式会社河出書房新社
〒一五一－〇〇五一
東京都渋谷区千駄ヶ谷二－三二－二
電話〇三－三四〇四－八六一一（編集）
〇三－三四〇四－一二〇一（営業）
http://www.kawade.co.jp/

ロゴ・表紙デザイン　粟津潔
本文フォーマット　佐々木暁
印刷・製本　中央精版印刷株式会社

Printed in Japan　ISBN978-4-309-46488-6